HIELO Y ROSAS

HIELO Y ROSAS

Pablo Garre Robles

Círculo Rojo
EDITORIAL

Primera edición: noviembre de 2024

Depósito legal: AL 3712-2024

ISBN: 978-84-1097-296-4

Impresión y encuadernación: Editorial Círculo Rojo

© Del texto: Pablo Garre Robles
© Ilustración: Jesús García Vidal.
© Maquetación y diseño: Equipo de Editorial Círculo Rojo

Editorial Círculo Rojo
www.editorialcirculorojo.com
info@editorialcirculorojo.com

Impreso en España — Printed in Spain

A mi abuela.

CAPÍTULO 1

La sensación de vacío que se experimenta al entrar a aquel ático es inquietante. Las paredes blancas impolutas definen el enorme salón, conectadas por suelo laminado grisáceo que hace indicar que el piso está recién reformado. La impresión que da es que está en venta. La pulcritud impera en la vivienda. Está totalmente desamueblado. Además de la puerta principal, hay otras dos: al fondo, una cristalera corredera que desemboca en un enorme balcón que da a la Avenida Juan Carlos I y, a la derecha, una salida hacia un pasillo que, presumiblemente, conduce al resto de estancias.

La escena es inusual. Impactante. Desoladora. No por lo que se puede ver, sino por lo que se puede intuir. A la inspectora Garrido le ha llegado un SMS anónimo para que acudiera a aquella dirección. Aún no ha encontrado nada, pero su intuición detectivesca y el hecho de que la puerta estuviera entreabierta le presagian lo peor.

La inspectora se dirige hacia el pasillo y se detiene justo debajo del marco de la puerta. Mira al frente. El corredor es largo. A medio camino, se sitúan dos puertas, una a cada lado.

Sin más dilación, la inspectora atraviesa el pasillo, decidida, con paso lento pero firme. Cubriéndose con la pistola, abre la primera puerta que se encuentra a su paso. La habitación está completamente vacía. Únicamente tiene una ventana con la persiana abajo. La inspectora la sube con sigilo y ve que da a un patio interior. Acto seguido, se gira y sale de la habitación rumbo a la siguiente estancia. Se acerca muy despacio. Posa su mano derecha sobre la manivela plateada y la comienza a bajar muy lentamente. Entonces, escucha un ruido acompasado. Se detiene y pega la oreja a la puerta, sosteniendo la pistola con las dos manos. Lo que está escuchando es una corriente de aire cálido que entra y sale de la boca y la nariz de alguien.

CAPÍTULO 2

Está nervioso. Apenas pega ojo en toda la noche. Ve casi todas las horas del reloj: las dos, las tres, las cuatro, las cinco… En cambio, la sexta no la visualiza. Se queda dormido. La séptima, y más importante, sí logra contemplarla, pero vagamente, ya que cuando suena la alarma la pospone rápidamente. O eso cree: se equivoca de botón y la quita.

Dando vueltas entre las sábanas se extraña de que no volviera a sonar el horrible sonido de su recordatorio y pega un súbito brinco de la cama. Mira la pantalla de su móvil: las 7:55. Va a llegar tarde el primer día de su nueva vida como inspector, sin duda alguna. Aun así, se para unos segundos para fantasear: «Inspector Valverde, suena bien», pensó.

Con máxima velocidad comienza a vestirse. Mientras se está abrochando el cinturón, su móvil suena. Un SMS con una ubicación. Se extrañó, pero supone que es la dirección a la que tiene dirigirse.

Los astros se han alineado y no va a llegar tarde. El inspector Valverde debe acudir a una localización que está a tan solo cinco minutos, caminando, del piso de alquiler en el que está viviendo desde que ha vuelto a Murcia de su experiencia como subinspector en Ávila, donde también se encuentra la academia donde se formó.

Solo entonces se relaja un poco. Desayuna tranquilamente, se lava los dientes y se peina. Acto seguido, vuelve a su habitación para elegir camisa: opta por una azul claro que le da un aspecto serio y elegante, combinada con los tejanos oscuros que se ha puesto nada más brincar del colchón.

Al fin, sale del piso. Pone en Google Maps la ubicación a la que tiene que dirigirse. Siente un fuego interior propio de los momentos previos a comenzar una nueva etapa. Ya ha sentido eso antes. Cuando empezó el instituto. Cuando empezó la universidad. Cuando empezó la academia. Y ahora, cuando comienza a trabajar.

Al llegar a su destino, inspira profundo y deja que el aire salga de sus pulmones lentamente por la boca. Lo repite hasta tres veces y llama al timbre. Nadie contesta, así que llama al de al lado.

—¿Quién es? —pregunta una voz femenina, temblorosa. Parece ser una anciana.

—Disculpe, señora, soy el inspector Valverde, solo quería que me abriera la puerta.

La señora abre la puerta y cuelga rápido, asustada. El inspector sube por el ascensor hasta el último piso. Al salir, se dirige hacia el 8º E, donde ha sido citado. Se encuentra con la puerta cerrada. Sin una orden, no debe entrar, así que toca el timbre que se sitúa a la derecha de la entrada, sin obtener respuesta. Pega la oreja a la puerta y corrobora que no se escucha un alma. Parece no haber nadie. Mira a ambos lados y hacia atrás. A continuación, saca de su cartera el carnet de colegiado del Colegio de Químicos. Piensa que, tras no ejercer como tal, la utilidad que le va a dar es la más provechosa posible. Ve que la puerta no tiene pestillo, solo una cerradura convencional que ni siquiera parece tener la llave echada, sino que se ha cerrado de un portazo. Ayudado por su carnet, el inspector Valverde consigue abrir la puerta sin hacer apenas ruido.

Cuando entra, se encuentra con la habitación principal. Es enorme y está vacía. Hay unas cortinas atravesadas por una imponente luz. Se acerca con cautela y las corre. Tras las cortinas, hay una cristalera corredera que desemboca en un enorme balcón. Acto seguido, mira hacia la derecha. Se puede observar una salida hacia un pasillo que, presumiblemente, conduce al resto de estancias. Coge la pistola con fuerza con ambas manos y, tras volver a inspirar, comienza a caminar hacia allí.

Al atravesarla, se encuentra con un pasillo que es kilométrico. Camina con paso firme, aunque por dentro está hecho un flan. Tras dar varios pasos, encuentra una puerta a la derecha. Entonces, escucha un ruido e, instintivamente, obvia dicha puerta. Abre con celeridad la de la izquierda. Actuación temeraria, porque no sabe qué podrá encontrar ahí. El miedo actúa por él.

CAPÍTULO 3

La inspectora Garrido trata de mantener la calma. Vuelve a colocar su mano derecha sobre la manivela con el fin de abordar un segundo intento de abrir la puerta. Piensa que debe actuar rápido. De manera brusca baja la manivela y entra en la habitación en cuestión de décimas de segundo. Empuña la pistola con ambas manos y apunta a una silueta.

—¡Arriba las manos! ¡Policía! —gritan ambos inspectores al unísono.

—¿Cómo que policía? ¿Eres el nuevo? —pregunta sorprendida la inspectora Garrido.

—Sí, soy el inspector Carlos Valverde, hoy es mi primer día —dice mientras baja la pistola y suspira aliviado, aún con el corazón a mil.

—Yo soy la inspectora Alma Garrido, encantada —dice mientras se guarda la pistola y le tiende la mano.

—Qué extraño todo, ¿no? —reinicia la conversación el inspector.

—¿En eso se resumen tus conclusiones? —se muestra dura, tratando de reafirmar que ella es la líder de la nueva pareja que se está fraguando.

—Bueno, no quería extenderme demasiado. Acabo de llegar y me he ocultado aquí cuando te he escuchado.

—¿Te has encontrado la puerta abierta?

—Mmm…, no… —confiesa dubitativo.

—¡Así que has forzado la cerradura! —dice la inspectora indignada—. Tenías que haber esperado a que llegara.

—No sabía quién vendría ni cuándo. Me han avisado estando aún en mi casa. Vivo aquí al lado y he venido directo.

—¡No te excuses! No tenías permiso para entrar.

—Bueno, ya no hay marcha atrás. Vamos a continuar, inspectora.

—Cúbreme, anda. Vamos a atravesar el pasillo y ver qué hay en esas dos habitaciones. Yo voy a la del fondo y tú a la de la derecha.

—De acuerdo, inspectora.

Ambos inspectores hacen lo propio. El inspector Valverde entra en la habitación de la derecha primero. Es muy similar al resto de estancias. Totalmente vacía, con una ventana. En esta ocasión, da hacia una calle peatonal.

Por su parte, la inspectora Garrido entra a la habitación del fondo. Cuando abre, se sorprende enormemente al ver la escena. Justo en el centro, hay un arcón conectado a un generador.

—¡Inspector! Venga a ver esto.

—Puedes llamarme Car... ¡Dios mío! ¿Qué hará esto aquí?

—Vamos a averiguarlo. —La inspectora Garrido se acerca hacia la ventana, que da a la avenida Juan Carlos I, para levantar la persiana y disponer de más luz.

—Voy a levantar la tapa —anuncia el inspector mientras se acerca lentamente al arcón—. ¿Vienes?

La inspectora se sitúa a la izquierda y asiente con la cabeza. Entonces, Carlos levanta la tapa:

—¡¡Dios santo!!

—Pero... ¡¡qué coño!!

Ambos inspectores quedan impactados por la dantesca situación. Dentro del arcón se aloja, nada más y nada menos, que el cadáver de un hombre semidesnudo, cubierto de cubitos de hielo.

El varón debía de tener entre 40 y 50 años. De estatura baja, aproximadamente 1,60. Complexión delgada y pelo cano, propio de una persona que fue rubia en su juventud.

—Le habla la inspectora Alma Garrido, tenemos un posible homicidio en el 114 de la avenida Juan Carlos I. Edificio Iceberg, 8° E —notifica vía telefónica.

42 AÑOS ANTES

—¡Gervasio! ¡Date prisa! ¡Acabo de romper aguas! ¡Ya viene! ¡Llévame al hospital!

Gervasio, hecho un flan, cogió las llaves del Renault 5. Su primer coche. Nuevo, flamante, a estrenar. Antes, Josefina y él se desplazaban en una vespino que se compró con sus primeros sueldos como cortador de limones. Cómo ha cambiado el cuento. Ahora regentaba una tienda de ultramarinos. Se podría decir que les iba bien. Era una compra necesaria. Un descendiente estaba en camino. Nunca mejor dicho.

—¡Por tus muertos, Gervasio! ¡Acelera! —Y es que Josefina lo único que tenía de finura era, precisamente, el nombre.

—¡Hago lo que puedo! —contestó Gervasio, tiritando de estrés y miedo a partes iguales.

Millones de insultos hacia la figura de Gervasio después, Josefina dio a luz a una niña sana y preciosa. Miranda.

CAPÍTULO 4

—Ya he avisado a la Policía científica. Es extraño, esta no es la manera habitual de proceder —dice suspicaz la inspectora Garrido.

—Lo normal es que, si alguien se encuentra algo así, llame al 091 y que a nosotros nos avisen una vez esté aquí la Policía científica —ratifica el inspector Valverde.

—Exacto —confirma la inspectora al tiempo que trata de devolver la llamada al número que la llamó.

Carlos saca su teléfono para hacer lo propio y, comparando, se dieron cuenta de que era el mismo número.

—No hace tono de llamada —dice el inspector.

—Este tampoco. Es muy posible que nos haya llamado el responsable de todo esto.

—¿Y cómo consiguió nuestros números?

—Eso es lo que hay que averiguar. Solo sabemos que, de alguna manera, está relacionado con ambos.

CAPÍTULO 5

La Policía científica llega al lugar del crimen y comienza a operar. En primer lugar, identifica a la víctima y hace un amplio reportaje fotográfico. En paralelo, realiza una detallada, concreta, clara, exacta y precisa narración de la escena, describiendo las características de ubicación y distribución de esta. Metodológicamente, van del plano general a los detalles más imperceptibles para buscar evidencias que permitan ser registradas para un posterior análisis que ayude a esclarecer los hechos.

Mientras la Policía científica trabaja, recabando y registrando pruebas y huellas, asegurando en todo momento la cadena de custodia, entran en escena el médico forense, el juez de guardia y el fiscal.

El médico forense acude a hablar con los responsables de la elaboración del informe para revisar la infografía que están elaborando e inspeccionar el cuerpo en primera instancia.

Las técnicas tecnológicas que están siendo utilizadas para asegurar una buena descripción del escenario son muy precisas: planimetría, para realizar un plano en dos dimensiones en tiempo real para destacar los rastros de interés forense; modelado 3D o equipos de reconstrucción de realidad virtual, para hacer mediciones y recorridos desde distintos ángulos. Además, utilizan compuestos químicos como el luminol para detectar sangre, ya que este compuesto, mezclado con peróxido de hidrógeno (también conocido como agua oxigenada), reacciona con cationes metálicos, en concreto, los cationes de hierro que forman parte de la estructura de la hemoglobina presente en la sangre, dando como resultado la emisión de luminiscencia azul.

Tras precintar el escenario, la Policía científica autoriza a la Policía judicial, es decir, a los inspectores Garrido y Valverde, a entrar de nuevo en la escena para ser informados de la situación.

—Les comento la situación. Ya hemos recabado las pruebas y tomado todo lo necesario para elaborar el informe y la infografía forense. En el laboratorio cotejaremos las huellas y analizaremos el ADN recogido, para comprobar si es de la víctima o de un potencial sospechoso. El individuo es Juan García Belmonte, de 42 años, residente en Murcia, muy cerca de aquí. Llevaba sus pertenencias encima. El registro de llamadas ha sido eliminado, así como la agenda. No hay ningún contacto guardado, pero sí que hay imágenes en la galería —informó el inspector de la Policía científica.

—De acuerdo, pues vamos a interrogar a los vecinos por si vieron algo —dice la inspectora Garrido.

—Sí, y continuaremos investigando a la víctima y su entorno, a ver si tenemos algún hilo por donde tirar —completa el inspector Valverde.

—¿Se sabe la causa de la muerte? —pregunta la inspectora.

—Aún es pronto, hay que esperar a la autopsia, pero todo parecer indicar que ya estaba muerto antes de ser introducido en el arcón. No había signos de forcejeo ni estaba maniatado.

—Por lo que el autor tiene que ser una persona fuerte…

—O varias personas, para poder transportar el cuerpo hasta aquí y dejarlo todo tan limpio.

—Muchas gracias, inspector, comenzamos la investigación desde ya.

—*Señor Martín. Señora Aguado. Bienvenidos. Siéntense. Verán, llevamos tiempo observando a Julián. Es de sobra conocido que es un niño muy especial. No es, para nada, como el resto de niños. Tiene una inteligencia que no es propia de su edad. Durante estas semanas, ha pasado por diferentes test de inteligencia: creatividad, lingüística y ortografía, cálculo, comprensión espacial, entre otras. Su hijo está por encima de la media. Digamos que, es superdotado, hablando claro. Pero tiene profundas dificultades para relacionarse con la gente. Vamos, que en clase su hijo no tiene amigos.*

CAPÍTULO 6

Los inspectores Alma Garrido y Carlos Valverde proceden a interrogar a los vecinos, pero nadie ha visto nada. Nadie conoce a la víctima. Ni siquiera lo han visto antes. Nadie consigue dar información relevante. Los inspectores comienzan a creer que ese hombre ya llegó muerto y que el crimen es ajeno a la comunidad.

Cuando salen del edificio, Carlos propone a Alma entrar a un bar.

—Inspectora, le propongo coger fuerzas, seguro que así veremos el asunto con más claridad.

—Primer día y ya estás pensando en almorzar, vaya ganas de trabajar tienes… Y hazme el favor de tutearme. Ya bastante vieja me hace sentir tu cara imberbe.

—Está bien, pero que sepas que soy muy trabajador y perseverante y que este caso lo vamos a resolver.

—Eso espero. Venga, pasa, tomar algo me vendrá bien para conocer a la persona de la que puede depender mi vida si la cosa se pone fea.

Carlos y Alma toman asiento en unos taburetes altos situados al fondo de la barra. Ambos piden lo mismo. Media tostada de atún y tomate, zumo de naranja y café con leche.

—Bueno, al menos coincidimos en el desayuno. No es mal comienzo —comenta Carlos.

—Espero que no sea en lo único, vamos a pasar muchas horas juntos. Este caso es enigmático. Tengo el presentimiento de que no va a ser fácil de resolver —apuntó Alma.

—Probablemente. Usted sabe de esto más que yo.

—¡Que no me hables de usted! —exclamó irritada Alma.

—Perdón, tienes razón. Es que me cuesta mucho. Me han hablado mucho de tu trayectoria y la verdad es que te admiro y respeto mucho.

—Está bien, vamos a tener que crear un clima más íntimo.

Carlos se ruborizó notablemente.

—No me malinterpretes, que te veo venir —señaló Alma—. Cuéntame algo de tu vida personal, y yo te cuento algo de la mía. Así me notarás más cercana. Y, quién sabe, lo mismo a ti te noto más interesante.

—Vale, está bien. Solo que no sé qué contarte…

—Aún estás demasiado tímido. Va, empiezo yo. Tengo treinta y ocho años. No lo hubieras dicho en la vida, ¿eh, chaval? Vivo con mi novio, pero ahora estamos pasando una mala racha. Yo quiero tener hijos pero él no. Me estoy dando cuenta de que, por mucho que nos hayamos querido, nuestros caminos deben tomar rumbos distintos. Nos conocemos desde hace catorce años. Aunque no significa que hubiéramos estado todo ese tiempo juntos. Hemos tenido muchas idas y venidas. Mi vida amorosa ha sido muy ajetreada. Pero estoy muy acostumbrada a él. He estado muy enamorada y no he sabido vivir sin él. Dar el paso que tengo que afrontar es terrible —se sincera Alma, lo que deja fuera de juego a Carlos.

—Vaya, no me esperaba tanta sinceridad. Lo único que te puedo decir es que, si notas que ya no eres feliz, y esa sensación es constante en un periodo de tiempo largo, debes cambiar. Debes dar el paso. ¿Qué son catorce años en una vida de ochenta que presumiblemente podremos vivir? O quizá más.

—Bueno, siendo inspectores de homicidios…, quizá menos —dice Alma riendo.

—Tienes razón —asiente Carlos sonriendo.

—¿Y tú qué? Parece que sabes de lo que hablas…

—Hubo una chica… Estuve viviendo con ella, pero las cosas no terminaron de salir bien…

En ese momento, cuando Carlos ha conseguido captar por completo la atención de la inspectora, el camarero se acerca con la comanda. Justo en ese instante, Carlos vuelve a pensar en el caso.

—Muchas gracias… Disculpe, ¿podría hacerle una pregunta? Soy el inspector Valverde y ella es la inspectora Garrido.

—Sí, claro, dígame —dice el camarero con voz temblorosa.

—¿Ha visto en estos últimos días alguna actividad inusual en el edificio? Nuevos inquilinos… O alguien que dejara ya de vivir en el edificio.

El camarero se mantiene en silencio mientras mira al tendido, quizá tratando de recordar.

—Pues ahora que lo dice, la semana pasada hubo una mudanza. Lo recuerdo porque el camión chocó levemente con la carpa que tengo puesta en la terraza. Tengo los datos de la empresa para el seguro. Y del conductor.

—¿Podría facilitárnoslos?

—Pero ¿eso no es confidencial?

Acto seguido, sin mediar palabra, Carlos sacó la placa.

—Está bien —dice el camarero—. La empresa se llama Mudanzas Carbamur. El conductor, Manuel Carballo.

—De acuerdo, gracias por su colaboración.

—Buen trabajo, inspector. Tómese el desayuno rápido que tenemos trabajo.

—¿Ahora eres tú quien me habla de usted?

CAPÍTULO 7

La pareja de inspectores se dirige hacia la oficina de la empresa de mudanzas. Una vez llegan, hablan con la recepcionista:

—Hola, señorita. Somos los inspectores Valverde y Garrido. Venimos para hacerle unas preguntillas. No tiene de qué preocuparse —dice Carlos como si llevase toda la vida dedicándose a esto.

—Sí, díganme —asiente la secretaria algo nerviosa.

—La semana pasada su empresa realizó una mudanza en la avenida Juan Carlos I y queríamos saber quién la contrató.

—No sé si le puedo dar esa información... Protección de datos...

—Creo que no ha entendido bien la situación. Se la explico. En ese edificio, es más, en ese piso, ha habido un homicidio. Así que suelte la información antes de que la detenga por obstrucción a la justicia —amenaza Alma, haciendo de *poli* mala. Asustando incluso hasta a Carlos.

—Está bien. No sabía nada del homicidio. Espere un segundo que lo busco... Aquí está. Juan García Belmonte.

—¡Mierda! —suelta Carlos.

—Ese cabrón le ha suplantado la identidad...

—¿Qué ocurre? —pregunta la secretaria.

—Ese nombre pertenece a la víctima... —especificó Alma.

—¿Podría hablar con el señor Manuel Carballo, si es tan amable? —sugiere Carlos, haciendo de *poli* bueno.

—En estos momentos no se encuentra en las instalaciones.

—¡Joder! ¿Y cuándo estará? —exclama Alma, fingiendo perder los nervios.

—Esta misma tarde, inspectora —asegura la secretaria.

—¿Cuál es su nombre, señorita? —dice Carlos, con tono sugerente.

—Lara, inspector.

En ese preciso instante en el que la secretaria expulsa de su boca el nombre, a Carlos se le detiene el corazón. La cara le cambia por completo. Siente como si una losa cayera sobre él y lo aplastara. Se traslada por unos instantes al pasado. Sus recuerdos hacen que su entereza se tambalee con la fuerza de un ciclón devastador. Se siente arrasado.

—¿Inspector Valverde? ¿Se encuentra bien? —se preocupa Alma.

—Sí, sí —Carlos sale de su *flashback*.

—Bueno, Lara, esta tarde volveremos por aquí.

CAPÍTULO 8

—¿Me puedes explicar a qué ha venido eso? —espeta Alma.

—¿A qué ha venido el qué?

—Estabas coqueteando con la secretaria y, de repente, te has quedado empanado. No reaccionabas.

—No creo que seas quién para reprochar mi comportamiento. Creo que te has pasado de borde con ella, ¿no?

—No cuestiones mis métodos. Te recuerdo que el nuevo eres tú. Estás bajo mi supervisión.

—Vale, ya me queda claro. No hace falta que estés marcando territorio constantemente.

—No te pases ni un pelo. ¡Me debes una explicación!

—No te debo nada. Esta tarde volvemos aquí e interrogamos a Manuel. Ya está —sentencia Carlos.

—Va, está bien, perdona. Me he pasado. Pero sé que tu actitud ha cambiado al escuchar el nombre de esa chica…

—Mi ex se llama Lara.

—¿Y qué pasó?

—Quizá en otro momento… No lo tengo superado. Es pronto para hablar del tema.

—Bueno, cuando te sientas preparado, puedes contar conmigo.

—Eres una caja de sorpresas. Y de bombas. Qué empática e intensa —halaga Carlos.

—Tengo mis días —se sonroja Alma tratando de disimular la sonrisa que Carlos le había sacado.

—*¿Qué tal, Julián? Me ha dicho tu profesora que has hecho avances esta semana, ¿no? Por fin has accedido a hacer un trabajo en grupo. ¿A qué se ha debido ese cambio? ¿Hay alguna chica que te gusta en clase?* —*trata de averiguar Leonardo, el psicólogo al que está yendo Julián desde hace cinco años, cuando con ocho le aconsejaron a sus padres que se pusiera en manos de un profesional para que le ayudara a gestionar su vasta inteligencia, pero, sobre todo, para tratar de desarrollar, aunque fuera mínimamente, sus habilidades sociales.*

Julián estaba becado, ya que su descomunal potencial intelectual le permitía sacar las mejores notas e incluso ganar concursos sin esfuerzo. Gracias a eso, sus padres podían costearse el colegio privado y el psicólogo. Julián no quería que se gastaran el dinero en él. Ni colegios caros, ni comecocos. Él quería que sus padres usaran ese dinero para tener un día a día más llevadero. Que se permitieran un capricho de vez en cuando. Julián solo era capaz de mostrar amor por sus padres.

—*A mí la pubertad no me afecta como al resto. Ya deberías saberlo. Me conoces desde hace cinco años. No creo que nunca me guste ninguna chica. Eso no es para mí. Verás, me aburro en este nuevo instituto. No me apetece hacer las tareas que mandan los profesores. Yo ya sé todo eso. Y si no lo sé es porque no me interesa. Cuando quiero saber algo, voy a la biblioteca y lo busco. Uso a mis compañeros para que me hagan lo que no quiero hacer. No quiero más relación que esa.*

CAPÍTULO 9

Aunque Alma le propone a Carlos comer juntos antes de la visita de la tarde, este rechaza la propuesta. Se ha quedado tocado. Prefiere volver a su piso y tomarse un par de horas para él. Necesita enfriar su cabeza y reordenar sus pensamientos. Hace unos años aprendió a canalizar sus emociones de un modo más eficaz. Viviéndolas. Dejándolas apoderarse de él. Siendo consciente de ellas y permitiéndoles campar a sus anchas por cada milímetro de su cuerpo. Experimentarlas con suma intensidad con el único propósito de que abandonaran su cuerpo con la mayor celeridad posible. El cuerpo humano no está diseñado fisiológicamente para aguantar una emoción muy intensa durante un largo periodo de tiempo.

Pero Carlos no puede dejar que Alma, la inspectora Garrido, lo vea así. Frágil y transparente como un cristal. ¿Qué pensaría de él? No es el momento. Al menos, aún no.

Cuando llega a su habitación comienza a desvestirse. Va lanzando cada prenda a cualquier lado sin importar ni un ápice el orden. De hecho, su cuarto es un caos. Cada mañana se promete que cuando llegue por la noche lo ordenará todo, pero, cuando llega la velada, nunca está lo suficientemente motivado o descansado para hacerlo. Ni la mejor lista de reproducción (Fito, Leiva, Izal, Marea, Extremoduro…) es capaz de aliarse con su fuerza de voluntad.

Acto seguido se mete en la ducha. Pone el agua bien fría y rompe a llorar, aprovechando que las lágrimas se camuflan con el agua gélida que le acaricia el torso. No cierra el grifo hasta que todas sus emociones cesan y su ser vuelve a un placentero estado de reposo.

Una vez relajado, está preparado para volver a la realidad. Se hace una tortilla de cuatro huevos con dos latas de atún (en realidad son huevos revueltos) y pone en Netflix *Cómo conocí a vuestra madre*. Curiosamente es una serie que ha visto hasta en tres ocasiones, pero le encanta. Las series de capítulos de veinte minutos son ideales para poner de fondo, aprender inglés, usarlas como evasión mental mientras come o cena… La ve cíclicamente. Cuando la acabe, empezará de nuevo con *Friends*. El bucle infinito.

Cuando termina de comer, se vuelve a vestir y llama a la inspectora para tomar un café antes de ponerse manos a la obra. En el momento en que se dispone a salir de su piso, escucha el ruido de unas llaves. Se asoma por la mirilla. Es su nueva vecina de enfrente. Viene de hacer la compra. Solo logra verla de espaldas. Rápidamente procede a abrir la puerta para coincidir con ella, pero no puede. «Mierda, maldita costumbre de echar siempre la llave por dentro…».

Cuando al fin logra abrir, la vecina está ya cerrando la puerta. No logra visualizar su cara. Solo sabe de ella que es rubia, como Alma, y que, por su calzado, le gusta patinar.

CAPÍTULO 10

—¿Estás mejor? —pregunta Alma.

—¿Mejor que cuándo? No te preocupes, estoy bien —solventa Carlos tajante.

—Está bien, tómate el café rápido y sube al coche, te espero fuera —contesta Alma, más tajante aún, haciendo ver que ese tipo de jueguecitos de tipo duro no le gustaban un pelo.

Alma sale rápidamente del bar y Carlos se bebe el café de un trago sin importarle que estuviera ardiendo. Acto seguido, sale también de la cafetería y se monta en el coche.

—Perdona, últimamente mi cabeza me está atormentando. En el pasado, generé una cantidad de recuerdos muy felices. Pero estaban asociados a una persona. Y desde que se marchó, toda aquella felicidad del pasado se está convirtiendo en un tormento en el presente —se disculpa Carlos mientras Alma conduce.

—Carlos, solo te pido que seas asertivo conmigo. Yo también he vivido y vivo mis historias. Y entiendo las tuyas, solo te pido claridad y transparencia. Si te pasa algo, cuéntamelo. No te encierres en tu caparazón.

—Tienes razón, seré más claro contigo.

—De acuerdo, venga, pues manos a la obra. Vamos a ver qué tiene para nosotros Manuel Carballo —concluye la conversación Alma mientras aparca en la puerta de las oficinas de la empresa de mudanzas.

—Hola de nuevo, señorita Lara —dice educadamente Alma. Carlos se limita a sonreírle.

—Buenas tardes, inspectores. El señor Manuel Carballo está en su despacho, pueden pasar. La segunda puerta a la derecha.

—De acuerdo, muy amable —asiente Carlos.

La pareja de inspectores avanza por el pasillo hasta la ubicación indicada por la secretaria. La puerta está entreabierta y una voz les invita a pasar:

—¡Adelante! Tomen asiento. Disculpen por no haberles podido atender esta mañana. Es una empresa pequeña, familiar, y tenemos a personal de baja. Aunque soy el gerente y propietario, tengo que ayudar en algunos portes debido a la falta de efectivos.

—Entiendo, no se preocupe, tampoco podía saber que íbamos a venir —siembra Carlos.

—¿O sí? —remata Alma.

—Tienen razón, cómo iba a saberlo.

—Vamos a hacerle algunas preguntillas, será rápido —comenta Carlos.

—Como ya sabrá, el señor Juan García ha fallecido. Su cadáver ha sido hallado en un apartamento esta misma mañana. La semana pasada usted estuvo allí, haciendo una mudanza.

—Sí, el señor Juan García Belmonte contrató nuestros servicios. Fue el jueves pasado, a las diez de la mañana. Vaciamos todo el piso y no había muchas cosas. Lo que había estaba viejo y nos pidió que nos deshiciéramos de ello.

»No, la vivienda es de su cuñado. Un segundo, que miro su nombre... Daniel Sáez Durán.

—¿Y nadie ha reclamado esos objetos? —pregunta Carlos.

—No, nadie.

—Además de recoger todos los muebles, ¿dejaron algún paquete en el piso? —continúa Carlos preguntando.

—Sí, dejamos una caja. Parecía ser un frigorífico, un arcón. Estaba precintado. También había un generador de electricidad.

—Ahí dentro estaba Juan García… —señala Alma.

—No puede ser, si ese mismo día estuve hablando con él por teléfono…

—No era él. El asesino debió suplantarle la identidad —apunta Alma de nuevo.

—¿Puede decirme los datos de facturación? Para rastrear el pago —pide Carlos.

—Bueno, verá…

—Entiendo, no siga. No olvide que nos debe un favor —dijo Alma, al tiempo que instaba a Carlos a abandonar el despacho.

CAPÍTULO 11

Alma y Carlos se dirigen hacia comisaría para averiguar la dirección de Daniel Sáez y así obtener algún hilo más espeso del que tirar.

—Avenida Ibn Arabi, n.° 45, 3° C. Está muy cerca del lugar de la escena del crimen.

—Bueno, de donde encontramos el cuerpo… No creo que ahí ocurriera el asesinato —apuntó Alma.

—No creo. Lo sabremos pronto, en cuanto esté la autopsia —asegura Carlos.

—Venga, vamos a la casa de Daniel. A ver qué sabe.

La pareja de inspectores pone rumbo al domicilio de Daniel. Una vez en la puerta del piso, tocan al timbre. Les abre una mujer de unos cuarenta años aproximadamente.

—Buenas tardes, ¿en qué les puedo ayudar?

—Hola, señora, somos los inspectores Valverde y Garrido. Queríamos hablar con Daniel Sánchez Durán. Vive aquí, ¿no es cierto?

—Así es, señores inspectores. Pero en este instante no se encuentra aquí. Esta mañana temprano salió a trabajar y no ha vuelto.

—¿A qué se dedica su marido?

—Es contable. Trabaja en una asesoría.

—De acuerdo, le dejo mi tarjeta. Llámenos cuando llegue, necesitamos hacerle unas preguntas —dijo el inspector mientras le facilitaba una tarjeta con el contacto.

—¿Ha ocurrido algo?

—Verá, ha muerto un familiar suyo.

—¡¿Cómo?! ¡¿Quién?!

—Su cuñado, Juan García Belmonte.

—¿Disculpe? Ese hombre no es nuestro familiar. ¡Qué susto me ha dado!

—¿El señor Juan García no es cuñado de su marido? —pregunta sorprendido Carlos mientras enseña una foto de la víctima.

—No he visto a ese hombre en mi vida.

—Avísenos cuando su marido esté disponible para responder a unas preguntas —contesta tajante la inspectora.

Miranda era una niña muy atractiva. Tenía doce años, pero se había desarrollado pronto. Tan joven y ya tenía que soportar las miradas lascivas de adolescentes irrespetuosos con los niveles de hormonas tan desajustados que sus comportamientos eran más propios de primates que de seres humanos evolucionados.

Cuatro individuos (de alta cuna, ya que era un colegio privado, con un alto nivel académico y, por supuesto, de alto nivel adquisitivo) estaban obsesionados con Miranda. Iban tres cursos por encima y cumplían el perfil de niños de papá, consentidos, que no sabían encajar un «no» por respuesta.

Un día, se pasaron de la raya. Esperaron a Miranda al salir del aula y aprovecharon que iba sola al baño para acorralarla. Comenzaron a manosearla de arriba abajo hasta que alguien irrumpió en el aseo.

—¡Dejadla en paz!

—¡Pero mirad a quién tenemos aquí! ¡Si es el bicho raro! —dijo el más fanfarrón de los cuatro energúmenos.

—Esa no es la respuesta correcta. —El chico se emprendió a golpes con el bocazas con una violencia desmedida. Tras el primer golpe, el fantoche cayó al suelo. El muchacho se puso a horcajadas y comenzó a golpearle la cara con el puño cerrado con gran brutalidad hasta dejarlo prácticamente inconsciente.

—¡No vuelvas a acercarte a ella! ¡¿Entendido?! Y vosotros... —dijo girándose hacia los otros tres abusones

cobardes—, llevaos a este montón de mierda de aquí. Os voy a estar vigilando. ¡Sois escoria! ¡Largo!

Tras lavarse las manos y la cara en el lavabo, el joven se acercó hacia Miranda, que estaba en el suelo, en una esquina, aterrorizada.

—Soy Julián. Mientras yo esté aquí, nadie te va a molestar.

Los padres de Julián recibieron esa mañana una llamada. Era, ni más ni menos, para informarles de que su hijo iba a ser expulsado del centro. Había agredido al hijo de Leandro Pardeza Gutiérrez, magnate de la comunicación audiovisual en España. No dieron más detalles. No trascendió que lo hizo para defender a Miranda de cuatro depravados que querían abusar de ella. Eso se lo tuvo que contar el propio Julián cuando llegó a casa con Miranda.

CAPÍTULO 12

La inspectora Garrido conduce el coche. La conversación dentro del vehículo brilla por su ausencia. Están anonadados. No saben por dónde encauzar el caso. Finalmente, Carlos se dispone a romper el hielo:

—¿Crees que Daniel puede ser el asesino? Que se haya inventado el parentesco para realizar la mudanza.

—No lo creo. Es más probable que Daniel también haya sido utilizado. Mañana tenemos que hablar con él.

—¿Crees que puede estar en peligro?

—No sabemos nada. Puede ser un crimen aislado. O puede ser un asesino en serie. No tenemos más indicios. Vamos a tener que seguir dos líneas de investigación. Mañana seguiremos investigando a Daniel y a su círculo. Pasado, ya sabremos los resultados de la autopsia e investigaremos a la familia de Juan.

—Me parece bien —asiente Carlos.

—Y… ¿cómo estás?

—Esta tarde te he dicho que no te preocuparas y vaya cómo te has enfadado. Así que ¿puedo serte sincero?

—Sí, claro.

—Regular. No sé. Mal. Me ha descolocado el nombre de la secretaria. Me ha hecho recordar el pasado con ella.

—Háblame de ella.

—Invítame a cenar y te lo cuento.

—Hecho.

—Para ahí mismo. Me apetece una hamburguesa.

Alma se sale de la avenida principal y busca aparcamiento cerca del centro de ocio ZigZag, donde hay una franquicia que a Carlos le encanta.

Ambos piden cerveza para beber. No se sabe cuál de los dos la necesita más.

—Te recomiendo la hamburguesa *London*. Es la que me voy a pedir —recomienda Carlos.

—A ver, déjame ver la carta… Creo que voy a pedir una *Hollywood*. Así tenemos más variedad. Puedes probar de la mía.

—Vale, me parece buena idea. Tú de la mía también. Además, vamos a pedir unas *Cheesebacon* y un *caballito* para cada uno.

—Buena elección. Venga, va, háblame de la chica. Que me tienes intrigada.

—No sabía que eras tan cotilla.

—Soy inspectora. Mi trabajo es averiguar.

—Pues si te lo cuento yo, poco estás averiguando.

—Deja que me relaje un poco escuchando. Eso también es parte del trabajo.

—Pues mira, Lara era una compañera de clase. Cuando acabamos la carrera le perdí la pista. Pero a finales de ese año, 2017, el 22 de diciembre de 2017 —recalca Carlos, quizá para que Alma notara lo difícil e importante que ha sido para él haber dejado de tener contacto con ella—, volvió aquí, a Murcia, y me escribió. Me dijo de quedar y yo dudé.

—¿Por qué dudaste?

—Yo había estado mucho tiempo encaprichado de ella y me había costado estar bien solo. Superarla.

—Pero puedo intuir que acabaste quedando con ella…

—Estuve a punto una semana después, el 29 de diciembre de 2017. Pero no lo hice. No me atreví.

—¡Vaya memoria para las fechas!

—Es una putada. Me acuerdo de cada día clave de mi relación con ella. Mi «yo» del pasado tenía la manía de detenerse unos instantes para inmortalizar, para grabar a fuego cada recuerdo feliz. Los tengo en mi retina. En mi mapa mental. No se me olvidan. No se difuminan ni se distorsionan. Es duro porque mi «yo» experimentador tomó de una manera muy fiel aquellos recuerdos, pero mi «yo» narrador ha cambiado de opinión. Antes me los contaba como sucesos felices. Ahora, estos mismos hechos, los narra con una connotación tormentosa y taciturna.

—Joder... —mientras que Alma lamenta las palabras de Carlos, la comida llega y comienzan a cenar.

—Bueno, continúo. Finalmente, ese día, quedamos. Y la cita fue todo un éxito. Nos pusimos al día. Ella estaba estudiando un máster sobre biomedicina y su intención era hacer el doctorado sobre enfermedades del sistema nervioso.

—Me pierdo un poco en eso.

—La ELA, por ejemplo. Esclerosis lateral amiotrófica.

—Ah, vale, sí, conozco algunos de los síntomas. Se puso de moda el desafío de echarse el cubo de agua fría por encima para recaudar fondos.

—Exacto. El caso es que, a raíz de ese día, comenzamos a hablar por WhatsApp muy a menudo. Prácticamente todos los días. Pero claro, ella estaba en Barcelona viviendo. Era complicado intentar nada.

—¿Y entonces?

—Pues esperé hasta que ella pudo bajar de nuevo a Murcia.

En ese instante, cuando ambos acaban de devorar la hamburguesa, el móvil de Alma suena.

—Perdona, Carlos. Tengo que cogerlo, es mi hermana.

Alma se levanta y se aleja de la mesa. A los pocos minutos, vuelve.

—Me tengo que ir. Mi hermana se ha dejado las llaves de su piso dentro. Se acaba de separar y lleva unos días caóticos. Aún no se hace a la idea de que vive sola.

—¿Y está en la calle ahora?

—Sí, eso parece —dice Alma mientras rebusca las llaves del piso de su hermana en su bolso—. ¡Mierda! Me las he dejado en mi piso. Yo tampoco me acostumbro a haber estado esta semana con ella. Voy a llamar a David para que esté atento y me las tire por el balcón.

—¿David es tu novio?

—Así es —confirma Alma mientras teclea su número y espera que se lo coja—. Vaya, no contesta. Luego sigo intentándolo. ¿Te llevo a tu casa?

—Joder… No, tranquila, ve ya. A esto invito yo. Prefiero volver paseando.

—¡A la próxima invito yo! ¡Gracias! Nos vemos mañana.

Alma sale pitando. Carlos pide la cuenta y sale tranquilamente del restaurante. Emprende el camino de vuelta a su casa pensativo. Su mente sigue por el punto de la historia que le estaba relatando a Alma. Cuando más sumido está en sus recuerdos, pasa por delante de una floristería. Se acuerda aún más nítidamente de aquel maravilloso día. El día del concierto.

22 DE ABRIL DE 2018

Ese domingo, Lara volvía a Murcia. Carlos y ella retomaron el contacto cuatro meses antes, el 22 de diciembre de 2017. Pero Carlos no estaba aún preparado para verla. Así que rechazó la propuesta. No obstante, el contacto fue continuo vía móvil durante este tiempo.

Ella se encontraba en Barcelona cursando un máster de Biomedicina. Carlos le tenía una sorpresa preparada. Irían a un concierto. Cuatro meses antes, hablaron de esa posibilidad, ya que un mítico grupo que les gustaba a ambos, Extremoduro, había anunciado una gira. Quién sabía si la última.

Durante esos cuatro meses a Carlos no le preocupaba que la conversación se acabara. Cuando eso sucedía, solo tendría que esperar. Sabía que, si subía una story a Instagram, Lara le respondería. Y, obviamente, él haría lo propio en el caso de que ella se animara a compartir contenido.

En una de esas fluidas conversaciones, Lara le contó que el 20 de abril volvería a Murcia a pasar una semana. Era el segundo cuatrimestre de su año de máster y «solo» tenía que realizar el Trabajo Fin de Máster y las prácticas que, curiosamente, se las podía convalidar en el grupo de investigación donde realizaba el propio TFM. Por ese motivo, tenía cierta flexibilidad a la hora de organizar sus vacaciones o días libres.

Lara le comentó a Carlos que le hubiera gustado ir al concierto de Extremoduro, pero que le había sido imposible sacar entrada para cualquiera de las tres fe-

chas que se habían abierto para Murcia. Pero Carlos era muy previsor. Nada más salir los tickets, entró en la página web para adquirir dos. Las consiguió para la tercera fecha. Y de milagro. Aún no sabía con quién iba a ir. Cierto es que pensó en Lara, indudablemente. Pero de una manera idílica. Soñaba con que ella fuera su acompañante. Pero, debido a que ella vivía en otra ciudad, no lo veía del todo viable. Aun así, pensó que, si no encontraba a nadie con quien ir, siempre podría revenderlas. A la velocidad a la que se habían agotado, no sería problema. Incluso sería un negociazo.

Para su sorpresa, la semana que Lara volvía coincidía con el concierto. Eso significaba que sí tendría con quien ir. Confiaba en que ella le diría que sí. Solo tenía que resolver una dicotomía: ¿cuándo se lo diría? Ya, por Instagram o, sin embargo, aguantaría a contárselo en persona. Finalmente, decidió aguantar. Aunque Lara hiciera planes, estaba seguro de que los disolvería para ir al concierto. Ya no por ser él, sino porque era Extremoduro.

Al fin llegó el domingo y Carlos aún no le había comunicado a Lara su sorpresa. Pero había conseguido lo más difícil, quedar con ella. Que le reservara la tarde del domingo. Estaba terriblemente nervioso. Para él, era una cita. Para Lara, ¿una quedada de amigos? Cierto es que en estos meses había un feeling aún más especial que de costumbre, si cabe. Solo quedaba comprobar «en vivo» que lo experimentado a través de la pantalla se cumplía.

La mañana del domingo fue eterna. Carlos se despertó muy temprano. A las siete. Nada propio en él. Sin embargo, se revolcó de un lado para el otro de la cama buscando un atisbo de sueño. Simplemente, para no ser

consciente de la noción del tiempo. Simplemente, con la intención de que, cuando volviera a abrir los ojos, Lara estuviera delante. Tras una hora dando vueltas por la cama, se decidió a desayunar. Ardua tarea, ya que no tenía un ápice de hambre. Como último recurso, decidió salir a correr (cómo de desesperado estaría). Cuando volvió y se duchó, tan solo eran las once de la mañana, por lo que no tuvo más remedio que resignarse a la nunca agradable espera.

Después de comer, se dispuso a intentar dormir la siesta. Y lo consiguió. Durante quince minutos. Más de lo esperado. Cómo no, despertó sobresaltado, creyendo que la alarma no le había sonado e iba a llegar tarde a su cita. Por suerte, eso no fue así. Se pudo arreglar con calma, eligiendo minuciosamente su outfit. Camiseta negra, básica. Sobrecamisa verde militar, vaqueros ajustados y unas zapatillas blancas. Por supuesto, se perfumó y se colocó el reloj, fiel aliado en los tiempos de espera. Fiel, que no beneficioso.

Habían quedado en una cafetería cerca de La Fica, recinto donde se celebraría el concierto a las cinco de la tarde. Carlos llegó puntual. Lara, como de costumbre, no. A Carlos no le pillaba por sorpresa. De hecho, la sorpresa hubiera sido que ella hubiera llegado a tiempo. No se desesperó. Solo miró el reloj tres veces. Bueno, cuatro. En realidad, cinco.

Y justo, a las cinco y cinco, alguien le tapó los ojos por detrás.

—¿Quién soy?

A Carlos se le aceleró el pulso cuando escuchó su voz. Aquella que llevaba meses solo oyendo en audios.

—Teniendo en cuenta la hora, es muy pronto para que seas Lara —consiguió articular.

—*Tonto, pues sí. Soy Lara* —*dijo ella fingiendo molestia.*

—*Pensaba que nunca más te volvería a ver. Estás enamoradísima de Barcelona, eh.*

—*Qué remedio. Ya que estoy allí, mejor estar disfrutando.*

—*¿Y qué planes sueles hacer por allí?*

—*Lo cierto es que estoy bastante liada con los temas de la universidad. Pero los fines de semana suelo hacer cositas. Aprovecho para ir a un montón de conciertos, ya que, al ser una ciudad grande, hay muchas salas y vienen muchos grupos.*

—*Qué casualidad, porque hoy vas a ir a uno...* —*dejó caer Carlos.*

— *¿¿¿Qué??? No te creo... ¿En La Fica?*

—*Veo que estás informada.*

—*Pero ¿cómo? Se agotaron las entradas hace mucho.*

—*Pero antes de que eso sucediera, compré dos. Me ha fallado mi acompañante...* —*mintió para no parecer un psicópata.*

—*Qué pena por él o ella y qué suerte para mí...* —*respondió Lara, con tono sarcástico, como si no creyera las palabras de Carlos.*

—*Sí, una verdadera lástima...* —*dijo Carlos, un poco sonrojado porque sabía que le había pillado*—. *A las ocho es la apertura de puertas, toca otro grupo antes, y tendremos que pillar buen sitio...*

—*Sí, pero tenemos tiempo de sobra, vamos a ponernos un poco al día antes* —*propuso Lara mientras entraba a la cafetería.*

Carlos le devolvió una media sonrisa tierna mientras pensaba que la noche se le iba a ir de las manos. No tenía autocontrol, y simplemente eran las cinco y cuarto

de la tarde. Si no era a la segunda, sería a la tercera cerveza cuando empezaría a insinuarse.

La tarde fue fluyendo, la conversación fue muy amena. Poco a poco fueron acercándose más. Incluso había contacto físico. Medio abrazos tras cada broma, caricias espontáneas. Patadas involuntarias debajo de la mesa...

Y llegó la hora del concierto. Entraron y pillaron buen sitio. Carlos fue a por cerveza mientras Lara guardaba el hueco que habían hecho. Cuando volvió, sorprendentemente, Lara le dio las gracias y... un beso. Un pico. En la boca. Carlos, simplemente, flipó. Se ahorró la declaración en la tercera cerveza, como tenía planeado.

Tras salir de la estupefacción, la abrazó, con un brazo, y le devolvió un beso más largo.

Finalmente, comenzó el concierto. Ambos disfrutaron intensamente de las letras de las canciones. Entonces, Carlos pensó que tendría que vivir el tiempo que pasara con Lara de manera muy intensa. Sabía que Lara en cualquier momento se iría por la vereda de la puerta de atrás. Que él se quedaría en esa calle sin salida. Que sería una guarrada sin ella. Y que tendría que volver a ir perdidito, a ver si encontraba otra princesa. Porque Carlos, en el fondo, sabía perfectamente que Lara y él no eran compatibles.

CAPÍTULO 13

Amanece un nuevo día. A pesar de ser sábado, Carlos y Alma se dirigen, nuevamente, a casa de Daniel Sáez. Tocan el timbre y vuelve a abrir la mujer. Esta vez más preocupada. Daniel no ha vuelto.

—Siempre duerme en casa. Pase lo que pase. Su vida es muy tranquila y rutinaria. De la oficina a casa y de casa a la oficina. No solemos hacer nada especial —confiesa la señora, con cierto pesar. Como si Daniel le diera una vida tremendamente aburrida.

—Por favor, necesito que piense, ¿ha notado a su marido más distraído o ensimismado últimamente? —interviene Carlos.

—No especialmente. Tiene un mundo interior muy profundo. Siempre está en su taller, con sus maquetas. Les presta más atención a sus muñequitos que a mí. Todo el día simulando guerras... —dice la señora, aprovechando las preguntas de los inspectores para desahogarse.

—Entiendo... ¿Es Daniel, entonces, una persona violenta? —deduce Alma de las palabras de la esposa.

—Qué va, ni mucho menos. No haría daño ni a una mosca.

—¿Le importaría que bajáramos al sótano y viéramos ese taller? —indaga Alma.

—Verá, es muy celoso de su intimidad, yo he bajado las veces contadas... —justifica temerosa.

—Bueno, pues es un buen día para volver a bajar —reitera Carlos, ya que Daniel se ha convertido, a su parecer, en el primer sospechoso.

—Es que no está...

—¿Tiene miedo a sus represalias? Señora...

—Leonor. Leonor Dávila. No, ni mucho menos, ya le he dicho que no es nada violento. Es más bien taciturno. Sensible. Se decepciona con facilidad cuando las cosas no salen como él quiere. Pero tiene poco espíritu, como se suele decir.

—¿Considera que es chantajista? Que usa esos cambios de ánimo y esa pasividad para que le haga caso... —sugiere, perspicaz, Alma.

—No, no, yo no he dicho eso...

—¿En algún momento le ha temido? O ha temido que hiciera alguna locura...

—Me están empezando a acojonar —dice con rictus serio Leonor.

—Simplemente queremos encontrar a su marido, al igual que usted —rebaja Carlos.

—Si tan ensimismado es, quizá se haya quedado encerrado en su taller y no pueda salir. Por favor, señora Dávila, déjenos pasar.

—Pero ¿no necesitarían una orden?

—No, si colabora. Está entorpeciendo una investigación... La orden acabaríamos consiguiéndola, pero si Daniel está metido en algo turbio... usted, señora, podría figurar como cómplice.

—No, por favor, no. Pasen, voy a buscar la llave...

Carlos y Alma pasan al salón, donde esperan mientras vuelve la señora Dávila, que supuestamente ha ido en busca de la llave que abre el sótano.

—¿Crees que en el bajo puede haber indicios de que Daniel es la persona que estamos buscando? Yo tengo esa intuición... —comenta Carlos.

—Llevas cuatro días... No sé si tu intuición está muy pulida... —bromea Alma, un poco impaciente por la demora de Leonor.

—Te tengo que dar la razón —se resigna Carlos—. Aun así, no sé, quizá podamos encontrar vastas cantidades de hielo, un cuaderno donde haya números de teléfono, alguna pista que seguir.

—No te hagas ilusiones, Carlos. Sería demasiado fácil. Demasiado evidente. El primer nombre que averiguamos, y ya va a ser el culpable... Ojalá, pero me temo que esto no es un crimen cometido por un chapucero. Y este tío, Daniel, es contable, no es una profesión dada a dejar cabos sueltos...

De pronto, ambos oyen un ruido...

—¿Qué ha sido eso? —dice el inspector Valverde.

—No lo sé. ¿No eres tú el intuitivo? —continúa bromeando Alma, aunque con un tono más inquieto que antes.

Ambos inspectores se aproximan a la puerta que separa el pasillo por el que minutos antes se ha perdido Leonor y el salón donde ellos charlan. De pronto, una silueta con un martillo en la mano aparece...

25 AÑOS ANTES

Julián no podía ser más feliz. Todas las personas que quería estaban sentadas a la mesa para celebrar su vigésimo cumpleaños. Sus padres, Julio y Cristina. Sus suegros, Gervasio y Josefina. Y, por supuesto, Miranda. El amor de su vida. Inseparables desde hacía cinco años. Continuaron estrechando cada vez más su relación fuera del centro, debido a la expulsión.

CAPÍTULO 14

—¡¡¿Qué hace, señora?!! —gritan al unísono Carlos y Alma.

—No se asusten, por Dios, no les voy a hacer nada. No encuentro la llave del sótano. Y solo tengo este martillo para tratar de romper la cerradura.

Los inspectores se miran mutuamente, aliviados.

—Bien, pues bajemos —sentencia Alma.

Tras varios golpes contundentes, Carlos logra abrir la puerta.

El escenario que se encuentran es el más típico y casual posible. En una pared, una bicicleta antigua colgada, justo al lado de un panel de herramientas donde las siluetas de estas están dibujadas. Es lo único ordenado en toda la sala. Pinceles, pintura, cola y demás utensilios de bricolaje pueblan cada rincón del taller. No hay rastro de armas, ni hielo, ni vídeos tétricos, ni siquiera la serie *Dexter* figura en las estanterías. No hay indicios que hagan sospechar que Daniel pudiera estar implicado en el crimen. Aun así, los inspectores Garrido y Valverde examinan exhaustivamente la escena.

—Mi marido es muy ordenado —dice Leonor.

—Capto su ironía, señora —replica Carlos.

—No, no. No es ironía. Lo es de verdad. Es cierto que no entro aquí, pero es bastante obsesivo con el orden en el resto de la casa.

—Es posible que estuviera trabajando y hubiera tenido que salir con prisa —teoriza Carlos.

—Sí, seguramente a comprar algún material… ¡Ay, señor! ¡A ver si le ha pasado algo! —empieza a crecer la preocupación en Leonor.

—Si le ha pasado algo, seguro que lo averiguaremos, señora Dávila —dice Carlos, al tiempo que le vibra el teléfono en el bolsillo. Levanta la mirada, el teléfono de la inspectora Garrido también ha vibrado.

—Creo que sé dónde está Daniel —asegura Alma, con la mirada fija en la pantalla de su celular.

CAPÍTULO 15

El siguiente paso de los inspectores hubiera sido ir al trabajo de Daniel. Pero, al ser sábado, se hubieran encontrado la asesoría cerrada.

En cambio, justamente ahí es donde acaban. La dirección que ambos recibieron no es ni más ni menos que la de la asesoría Javizayal. Acrónimo del nombre del jefe de Daniel: Javier Vizcaíno Ayala. Abogado. Teléfono 723213213, según el cartel.

Tras marcar el teléfono y esperar tres tonos, Javier contesta.

—Buenas tardes, soy la inspectora Garrido. Solo quería hacerle una pregunta, ¿usted trabaja con el señor Daniel Sáez Durán?

—Sí, ayer no estuvo en la oficina, pero sí que hablé con él por teléfono. Le dije que se pasara por aquí por la tarde, que tenía que escanear unos papeles. Verá, estoy de viaje, pero el trabajo es lo primero… No me dejan ni un día de respiro —comenta el señor Vizcaíno con resignación.

—Entiendo. ¿Sobre qué hora llamó a Daniel?

—Serían las tres de la tarde… Me dijo que iba volando. Literalmente usó esa expresión. Estuvo en la oficina y me envió la información. Se apresuró bastante. Espere… Sí, a las 15:25 horas recibí los documentos. ¿Ha ocurrido algo? ¿Se ha metido en algún lío?

—No lo sabemos, porque no aparece. Lo que sí que aparece es que usted es la última persona con la que habló y su oficina el último sitio en el que estuvo. Al menos hasta que consigamos reconstruir las horas posteriores.

—Verá, le tengo que reconocer que no es propio de él este comportamiento. Me está preocupando. ¿Han hablado con su esposa? Tanto ella como yo sabemos siempre de la vida de Daniel.

—Justo de ahí venimos. Ahora estamos en la puerta de su asesoría y necesitaríamos entrar.

—Por supuesto, pero tendrán que darme un par de horas. En cuanto llegue a Murcia me dirijo hacia ahí.

—De acuerdo. En dos horas le devolveré la llamada —cuelga Alma sin despedirse.

—¿Y qué vamos a hacer durante dos horas? —pregunta Carlos.

—Te invito a tomar algo.

CAPÍTULO **16**

Carlos y Alma entran en un bar cerca de la asesoría de Javier mientras esperan la llegada de este.

Presumiblemente, puede ser el sitio donde almuercen los empleados de Javier, incluso él. Así lo confirma Damián, el camarero. Un hombre de cuarenta años aproximadamente, extremadamente alto, resultón, incluso podría ser descrito como guapete.

—Considero a Javier muy buena persona. Y buen jefe. Es cierto que tiene apariencia de ser estirado y, de primeras, tiene un semblante serio. Imagino que irá en la profesión. Nunca he tenido simpatía por los abogados, pero Javier es un cachondo. Siempre está de broma. Tiene el detalle de invitar al resto de empleados a almorzar los lunes. Para hacérselo más llevadero. No se privan de nada —se despacha Damián, con una discreción inexistente.

—¿Y conoce a Daniel? —pregunta el inspector Valverde.

—Claro, el señor Sáez. Qué persona más lista, muchacho. Además de ser un hacha con los números, es un *manitas*. Los fines de semana se los pasa construyendo y decorando sus maquetas. Entre ustedes y yo, creo que son bastante chulas, pero a su mujer no se lo parecen tanto. Yo creo que tiene celos de que el señor Sáez pase más tiempo con sus figuritas que con ella. Hasta me contó que su mujer le puso un cerrojo en la puerta. Después él se vengó. Lo quitó y puso uno más grande para que ella no entrara y no pudiera poner otro candado —desarrolla Damián, apunto de desternillarse.

—¿Cuándo fue la última vez que lo vio? —pregunta la inspectora, aprovechando la elocuencia del camarero.

—Pues déjeme recordar… El viernes… Sí, el viernes. Pasó por aquí para comprar tabaco. Me dijo que tenía que ir a la oficina a enviarle unos documentos urgentes al jefe. Pero ya no lo vi salir.

Tras esas palabras, Carlos sale repentinamente del establecimiento. Mira justo encima del cartel donde pone: «Bar Damián». Así, escueto. Cortito y al pie. Hay una cámara.

—¡Damián! ¿Puede venir?

Alma y Damián salen a la puerta. Se encuentran a Carlos señalando encima del cartel.

—¿Esa cámara funciona? —pregunta el inspector.

—Verá, es más disuasoria que funcional. Pero el señor Vizcaíno tiene otra en su establecimiento. Es un hombre más cuidadoso que yo. Quizá la suya sí que funcione. Por cierto, ¿qué es lo que pasa con el señor Damián?

—Lo estamos buscando —dice Alma, sin dar mucho detalle.

—¿Ha ocurrido algo?

—Sí, pero es una investigación policial confidencial —añade Carlos.

—Sí, claro, disculpen mi intromisión. Es que le tengo cariño a esta gente, solo quería saber si Daniel está bien.

—Esperemos que sí lo esté. Y, por favor, pónganos un par de pinchos de esa tortilla de patatas con tan buena pinta. Y de beber, una Coca-Cola para cada uno. Zero, por favor —sonríe Alma mientras habla, para cambiar de tema con elegancia y evitando más preguntas incómodas del camarero parlanchín.

—La verdad es que está de muerte —se siente halagado Damián, aunque es probable que la expresión no sea la más adecuada.

22 AÑOS ANTES

Julio y Cristina estaban de viaje. Julián había conseguido su primer trabajo y les prometió que su primer sueldo íntegro iría destinado a costearles un viaje por Segovia, Pedraza, La Granja de San Ildefonso y Aranjuez.

Era en una relojería. Bueno, más bien en la trastienda, la cual estaba acondicionada como un taller. Se dedicaba a arreglar relojes. De hecho, la única condición que le puso a su nuevo jefe, Mariano, era no tener que despachar bajo ningún concepto. Odia a la gente. Esa carta de presentación no era muy halagüeña. De hecho, Mariano, cuando lo entrevistó, se iba a decantar por darle la mano y decirle que ya lo llamaría, con la intención de no hacerlo nunca. Pero fue entonces cuando Julián visualizó un montón de herramientas al fondo, justo al lado de varios relojes desarmados. Estuvo analizando el entorno. Observador, se fijó en cada una de las piezas. Tras unos minutos en completo silencio, tomó las herramientas y, con gran destreza, solucionó cada uno de los problemas que tenía cada reloj. Por lo que Mariano, su primer jefe, no tuvo más remedio que contratarlo.

Sus padres ya llevaban tres días de viaje. Lo estaban pasando muy bien. Sobre las cuatro de la tarde, durante el descanso de Julián, Cristina echaba unas moneditas a cualquier cabina y lo llamaba a la relojería. Ese día, la llamada fue antes. Sobre las doce de la mañana. Pero no era Cristina la que estaba al teléfono. Era un agente de policía. Le informó de que sus padres, Julio Martín y Cristina Aguado, habían fallecido en un accidente de tráfico.

CAPÍTULO 17

—Javier puede que sea la última persona con la que habló antes de su desaparición, pero Damián es el último que lo vio. Puede ser un buen testigo. Tiene la lengua larga, el colega —dice en voz baja Carlos, para evitar que Damián lo oiga. No sea que maltrate su pincho de tortilla.

—Sí, es muy parlanchín. Me recuerda mucho a un amigo especial que tuve. También era así de alto. Con la mandíbula marcada como él. Y, sobre todo, muy parlanchín, como tú dices. Era psicólogo —se abre Alma, con una mirada a medio camino entre risueña y nostálgica.

—¿Y qué pasó? Si no es mucho preguntar —indaga con prudencia Carlos.

—Mira, hoy me has pillado parlanchina también. Te lo voy a contar. Verás, simplemente me acerqué. Mi voluntad estaba teledirigida por el ron. «Barceló con Coca-Cola, por favor». Aquella noche no pretendía enamorarme. De hecho, esa palabra no figuraba en mi vocabulario. ¿Alguna vez la habría pronunciado? Me atrevería a decir que no. Ni siquiera para referirme a terceras personas. No pensaba que mi amiga Irene estuviera enamorada, aunque llevara cinco años con su novio y vivieran juntos. Ni siquiera mi compañero de ese momento, Toni, que organizaba su vida en función de la agenda de su esposa. Estabilizados podría ser la palabra. Acomodados es otro buen sinónimo. Acostumbrados, sin ninguna duda, podría ser un adjetivo preciso. ¿Acojonados? Prefiero no emitir juicios de valor. No es plan de manchar la objetividad de las palabras con mi tosca subjetividad.

Carlos asiente obnubilado por el poético inicio del relato.

—Pero si algo tenía claro es que eso no era amor —continúa Alma—. El amor debía de ser otra cosa. Quizá, pueda quedar algo de amor en el recuerdo de Irene y Toni. Quizá, consigan seguir la ruta correcta a través de los recuerdos y encontrar ese atisbo de amor en su pasado al que se aferran. Debe ser muy potente ese tal amor. Quizá, sea pariente cercano de la ilusión, de la esperanza, de la motivación. Quizá, sea algo muy fuerte, capaz de impulsar la conducta humana. Quizá, iba siendo hora de conocerlo. Pero ¿por qué esa noche? ¿Por qué tuvo que presentármelo el camarero? Si te pido un Barceló con Coca-Cola, lo lógico, es limitarte a ponerme un ron Barceló con Coca-Cola. Solo eso, ¿no? —pregunta Alma de manera retórica, a lo que Carlos responde asintiendo, entusiasmado y asombrado por el despliegue de palabrería de su compañera.

Es que, incluso, podría aceptar Pepsi —prosigue Alma—. Tomas un vaso de tubo ardiendo del lavavajillas, te acercas a la cubitera y, con las pinzas *requetemanoseadas*, escoges los únicos tres hielos disponibles, ya que el resto están en un estado más próximo al líquido que al sólido. Haces malabares para que quepan en el estrecho recipiente. Aprovechas el calor que emana del vaso para que termine de derretirlos, lo que te va a permitir introducirlos, finalmente. Después, tratas de timarme poniéndome minúsculas cantidades de alcohol… Pero, en ningún caso, cuando te pido que me eches un poco más, me miras a los ojos de esa manera tan larga y profunda. Y, mucho menos, usas tu embaucadora sonrisa para disculparte. Por supuesto, no me guiñas un ojo de manera cómplice cuando accedes a quitar un hielo y cargar un poco más el vaso. Pero, bajo ningún concepto, tienes el derecho de que tu inocente voz, que se justifica diciendo que es tu primer día, se instale en mi cabeza. Que su eco resuene tan fuerte que provoque un terremoto. Que me haga querer (desear, ansiar, necesitar) averiguar si el epicentro estaba realmente en mi mente o, por primera vez, estaba en mi pecho.

Carlos sigue boquiabierto por la facilidad con la que Alma encuentra sinónimos. Cree que es un relato que ha tenido que narrar muchas veces. Aunque fuera solo en su cabeza. Lo tiene muy pulido.

—Había estado con chicos antes, obvio. Ya tenía una edad… Pero siempre he sido consciente de que iba a ser pasajero. Muchas amigas me llamaban cobarde y no entendía por qué. Pero ahora sí. Esa noche sentí miedo. A lo desconocido, pero también a sentirme vulnerable. A perder algo que, ni siquiera, me pertenecía. Algo que no es tangible. Que nunca he tenido. ¡Qué carajo! ¡Ni quería tener! ¡La hoja de reclamaciones, por favor!

—Joder, Alma, ha tenido que ser muy importante para ti ese ¿camarero? ¿No era psicólogo? —lanza su duda Carlos con los ojos abiertos como platos.

—Deja que continúe. No me interrumpas, ahora que he cogido carrerilla. Esto solo era el principio. Quién me iba a decir a mí que ese camarero al que no quería volver a ver por el auténtico pánico que me hizo experimentar era pluriempleado. Y que sería el sustituto de mi psicóloga. Lucía estaría seis meses de baja por maternidad, y el encargado de ayudar a gestionar mis ansiedades e inseguridades iba a ser aquel desconcertante camarero. Por supuesto que podía haberme negado. Haber cancelado temporalmente mi terapia. Si tampoco estaba tan mal… Pero algo dentro de mí me impidió hacerlo. ¿Sería eso que la gente corriente llama corazón? Debe ser eso. Y, como nuestro vasto, rico y sabio refranero español advierte: «La curiosidad mató al gato». Álvaro tenía muchas cualidades que la convertirían en una gran profesional —finalmente Alma confiesa su nombre, a lo que Carlos responde cambiando de postura, acercándose, como si al decir el nombre, la conversación se hiciera aún más personal si cupiese.

—Pero era un diamante en bruto —avanza con el reato Alma—. Empatizaba muchísimo con su paciente, que era yo, obviamente. Una bestialidad. Realmente le interesaba mi vida.

Aun así, destacaba por otra gran cualidad: la asertividad. Claro. Conciso. Consejos cortitos y al pie. Además, sin ningún pudor me abroncaba por mis malas decisiones. Me instaba a que actuara con mi entorno con responsabilidad afectiva, pero se preocupaba mucho por mí. Me hacía poner límites con el resto de las personas y circunstancias que podían dañarme. Realmente, Álvaro no quería que yo sufriera. Y yo me sentía seguro. Sé que no me iba a dejar caer. Sé que, aunque no le pagara, él seguiría ayudándome.

—¿Y fue así?

—Lucía volvió a ocuparse de mis terapias. Ya no solo tenía que cuidar de mí, también de dos mellizos preciosos. Por suerte, con ellos tenía más trabajo que conmigo. Digamos que mis complejas tesituras no iban a suponer un quebradero de cabeza especial para Lucía. Al principio. Flipó en colores cuando le dije que estaba empezando a ver a Álvaro fuera de consulta. Lucía, rápidamente, identificó que yo me había enamorado. Era fácil de saber. Álvaro era *trending topic* en las terapias. Me advirtió de todos los inconvenientes que podría tener lanzarme a la piscina. Pero ella me conoce incluso mejor que yo. Acababa de ver un meteorito estrellarse en la Tierra. Algo que pasa una vez cada millón de años. Y ya no había marcha atrás. Su trabajo no era disuadirme ni mirar para otro lado, sino reparar los daños, los estragos que estaba causando y causaría el terrible impacto. Y es que ¿cómo vas a convencer a alguien que no creía en el amor de que no crea en el amor cuando lo está experimentando? Me estaba convirtiendo en adicta a Álvaro. Poco a poco. Sin darme cuenta. Seguíamos viéndonos una vez por semana. Ya no en consulta, para eso ya estaba Lucía. Nos veíamos en bares. De mesas pequeñas. Con la música bajita y la luz tenue. Idóneo para mantener profundas conversaciones.

—Como este bar —interrumpe finamente Carlos, para demostrar que está interesado en la historia.

—¡Que no me interrumpas! Pero no, eran sitios más románticos que este bar —ríen ambos.

—Ya no hablábamos de mí —sentencia Alma—. Hablábamos de él. Incluso, alguna vez, hablábamos de nosotros. Nuestras miradas se cruzaban y, rápidamente, las apartábamos por vergüenza. O, quizá, por miedo. Nuestros pies, involuntariamente, se encontraban debajo de la mesa. Nuestras manos coincidían torpemente cuando ambos nos abalanzábamos sobre la última patata frita. Ya no había marcha atrás. No podíamos dejar de hablar. Las conversaciones que se quedaban sin terminar porque el bar cerraba continuaban por WhatsApp hasta que uno de los dos cedía ante la fuerza de Morfeo. Si el camino más corto entre dos personas es una buena conversación, la distancia ya era ínfima. Y, hablando con Lucía, me di cuenta de que quería convertirla en íntima.

»En las próximas semanas, cada gesto de Álvaro lo percibía a cámara lenta. Mis pensamientos y deseos se perdían en su mirada y el fondo era un mero croma. No importaba cuán de bonita fuera la imagen que se proyectara en el verde. Siempre el mismo rostro acaparaba mi atención. Siempre las mismas ganas. Siempre la misma tensión sin resolver. Quizá fuera el miedo del que tanto estoy hablando. Quizá fuera la sensación de que tendríamos todo el tiempo del mundo. Quizá fuera la inexperiencia. La falta de habilidad a la hora de encontrar el momento adecuado. De captar las señales. Pasamos muchos momentos juntos: dormimos en la misma cama aquella noche en que yo no estaba en condiciones de conducir, compartimos chaqueta porque estaba helada de frío al salir del cine. Incluso acabé calada cuando una mañana lluviosa me interpuse entre el charco que pisó aquel coche y su flamante abrigo nuevo. Y, no sé cómo, de un día para otro, me avisó de que se iba.

—Suerte que te avisó… —susurró Carlos.

—¿Cómo? No te he escuchado, repite.

—No, nada, nada, cosas mías. Continúa, por favor, estoy intrigado.

—Pues estuve un tiempo fingiendo que me alegraba de que se fuera para siempre. Para mí fue duro que se fuera a trabajar a otra ciudad. La intensidad de nuestra relación de amistad se perdió como una gota en un océano. Se diluyó como el aceite esencial en el alcohol de un perfume. Se marchitó como una flor carente del agua necesaria para subsistir… ¿Aún quedaría cariño por su parte oculto tras esa rutina tan ajetreada que llevaría? ¿Aún se acordaría de mí, aunque su vida social se empeñara en enterrarme entre sus recuerdos?

Cuando la pausa en el discurso de Alma fue más larga de lo habitual, Carlos intervino para preguntar si lo había vuelto a ver. De esta manera, se activaron de nuevo las ganas de hablar de Alma.

—Sí. Una fatídica mañana lo volví a ver. Dos años después, allí estaba. Tan genuino como siempre. Delante de mí. Dispuesto a atarme, con extremo mimo, una bomba de relojería a la altura del pecho. Bueno, del corazón, que he descubierto que lo tengo —bromea Alma, quizá para disimular la emoción de nostalgia y tristeza que estaba invadiendo su cuerpo—. Dispuesta a apretar el botón y hacerla estallar.

—¿Qué te dijo? —interrumpe Carlos, muy interesado.

—Que se casaba.

—Pero ¿cómo? ¿No sospechabas nada? Algo verías en sus redes sociales. De alguien te habría hablado —trata de averiguar Carlos, a lo que Alma contesta encogiendo los hombros.

—Supongo que no hay más ciego que quien no quiere ver. «Cómo me alegro por ti», le dije. Seré cínica… Yo estaba en su vida mucho más tiempo que la chica con la que se iba a casar, pero ya ves, me adelantaron por la derecha. De hecho, me quedé tan paralizada que mi discurso era inconexo. El estupor me superó. Sé que él se dio cuenta. Creo que algo dentro de nosotros se muere cuando rompemos un corazón. Él sintió que me lo rompía. Yo lo noté.

—Por Dios, no me digas que fuiste a la boda —lanza Carlos, esperando cómo se iba a desenlazar la historia.

—«Si alguien se opone a esta boda, que hable ahora o calle para siempre», dijo el cura. Y yo me quedé callada. Yo fui para hablar ahí.

—No te creo, ¿ibas a montar el numerito? —ríe de incredulidad Carlos—. La inspectora Garrido liándola en una boda. Bueno, en la preboda —Carlos se descojonaba.

—Calla, imbécil —dice Alma, entre risas sin casi poder articular palabra—. No dije nada. Me paralicé. Me quedé sin voz. Sin capacidad de reacción. En realidad, Álvaro no se merecía que le hiciera pasar por eso. Se merece ser feliz. Decidió libremente. Durante mucho tiempo pensé que era un poco cabrón por invitarme.

—¿Pero al final fuiste a la boda?

—Con dos ovarios. Me presenté en el convite. Si Álvaro me había invitado era porque quería que estuviera ahí. Porque él me ve de otra manera, pero me quería. Aunque sea de esa maldita manera suya. Quería hacerme partícipe de su felicidad. Pero yo sentía un poco de rencor. No le hice ningún regalo y comí y bebí hasta caer redonda —confesó Alma sin poder parar de reír. Damián estaba flipando. No quería interrumpir. Ahí estaba, esperando con la tortilla en los platos hasta que la inspectora recuperara la compostura. Debió pensar que Alma era, como mínimo, bipolar.

—¿Cómo acabó todo? Dime que te ligaste al camarero, por favor, sería buenísimo —elucubra Carlos.

—Vi la barra al fondo del salón. Simplemente me acerqué. Mi voluntad estaba teledirigida por el ron. «Barceló con Coca-Cola, por favor». Aquella noche tampoco pretendía enamorarme… —concluye Alma.

—¡Flipante! Te liaste con el camarero, sí, señora. ¡Con dos ovarios! —grita Carlos.

—Baja la voz… Sí, fue un polvazo, la verdad.

—¿David? —pregunta Carlos.

—¡Nooooo! A David lo conocí de manera mucho más aburrida. Quizá algún día te lo cuente. Pero no quiero bajones ahora. Me he reído bastante contándote esto. Si es que el tiempo todo lo cura. Con David ya te dije que estoy pasando una racha muy mala… Ya hablaremos de eso.

Ahora que los inspectores recuperan un estado anímico más neutro, Damián, mostrándose prudente por extraño que parezca, les deja la tortilla y las Coca-Colas Zero.

—Come rápido, Javier debe de estar al llegar.

CAPÍTULO 18

Javier Vizcaíno ya está aquí. Ha tardado las dos horas que prometió. Ni más ni menos. Parece de esos hombres de la vieja escuela cuya palabra va asociada a su honor. Pero no hay que olvidar que es abogado. Así que puede que sea solo fachada.

—Imagino que habrán esperado en el bar de Damián. Es un hombre muy atento. Un poco cotilla, la verdad. Pero no me privaría de almorzar ahí por nada del mundo. ¿Han probado la tortilla? La mejor de Murcia, créanme. Javier Vizcaíno, encantado —se presenta con elocuencia el propietario de la asesoría.

—Buenos días, señor Vizcaíno. Lo cierto es que está riquísima —afirma Carlos.

—Buenos días. Suscribo sus palabras. Muy buena —dice escueta Alma. Le ha gustado, pero duda que sea mejor que la de su madre.

—Vamos a lo que nos acontece. ¿Sería tan amable de enseñarnos su establecimiento? Y ya, de paso, le haremos algunas preguntas —sugiere Carlos.

—Por supuesto, por esa razón estoy aquí. —Tras las palabras, Javier tuerce el gesto. La inspectora Garrido se da cuenta.

—¿Qué le sucede, señor Vizcaíno?

—Es muy raro que a Daniel se le olvidara bajar la persiana. Tiene mando. Y, bueno, aunque se lo dejara en casa, podría haberla bajado manualmente, como toda la vida. Supongo que un despiste lo tiene cualquiera —se resigna Javier, aunque no muy convencido.

—Quizá dentro obtengamos la respuesta. Abra ya, por favor —dice Carlos, ansioso y sospechando que las cosas no van bien. El olfato policial se le está afinando.

Javier procede a abrir la puerta. La alarma no está puesta tampoco. Pero eso es lo de menos. La escena es dantesca.

CAPÍTULO 19

—Inspector Valverde. Avise a la Científica —ordena Alma, con voz firme y lúgubre.

—En ello estoy —responde Carlos, con el teléfono móvil ya en la oreja.

—¡No puede ser! ¡Pero qué te han hecho! —grita desesperado Javier.

Un cuerpo en el centro de la sala de espera, a tres metros de la puerta, yace inerte. Tiene la cara completamente desfigurada. Llena de cortes, presumiblemente hechos con los trozos de cristal de diferentes tamaños que descansan bordeando la silueta del difunto. No solo hay cristales en el suelo. También en cada una de las extremidades de la víctima. Clavados de manera vertical. En el antebrazo derecho, en el deltoides izquierdo, en el muslo derecho y en el tibial izquierdo.

—¡No toque el cuerpo, por favor! ¿Puede confirmar, señor Vizcaíno, que la víctima es Daniel Sáez Durán? —pregunta la inspectora Garrido con frialdad y aplomo.

—¡Sí! ¡Por Dios! ¿Quién te ha hecho esto? ¡Tienen que averiguar quién ha hecho esto!

—No se preocupe, Javier, lo encontraremos —replica con convicción y más cercanía Carlos—. Te aseguro que lo encontraremos.

De repente, Javier se seca las lágrimas y se recompone como puede. Estaba arrodillado, cerca del cuerpo. Ahora está de pie, tambaleándose. Su cuerpo pendulea, fruto del nerviosismo que está experimentando. Su mirada está aparentemente perdida. Pero, realmente, está buscando. Está chequeando. Está cotejando que no le falte nada. De pronto, su mirada se queda fija en la mesa de su despacho, que se ve a través de la ventana. No es lo habitual. Javier siempre baja los estores. El asesino ha estado hurgando entre sus cosas. Con celeridad, se aproxima a su despacho y consigue articular palabra mientras, con preocupación, se repeina el flequillo hacia atrás.

—¡Me han robado!

Fue una boda íntima. Con pocos invitados. Todos de la parte de Miranda, que se quedó como único apoyo de Julián tras la muerte de sus padres, a los cuales estaba muy unido. No se dieron muchos detalles del siniestro acontecido cuatro años antes, en aquel fatídico viaje. No tenía a nadie a quien culpar. Los accidentes son precisamente eso, accidentes. Difíciles de controlar. Casi imposibles de evitar. Aun así, Julián se machacaba mucho por haberles regalado el viaje. Incluso se planteó volver al psicólogo. Pero no lo hizo. El apoyo de Miranda fue fundamental para quitarse la culpa de encima.

Por fin se estaba empezando a desprender de ese lastre. Y ahí estaban, en un convite especial con las personas contadas. Junto a ellos, en la mesa de los novios, estaban sus suegros, los cuales ayudaron a financiar la boda, a pesar de los apuros económicos que estaban pasando después de que Gervasio tuviera que cerrar su tienda de ultramarinos que tan exitosa había sido. Por suerte, había hecho varias entrevistas en empresas para trabajar como comercial u oficinista y era cuestión de tiempo que fuera contratado.

Julián, además, estaba echando horas extra. El taller de la trastienda había crecido mucho gracias a su habilidad y destreza y ya no se limitaba a arreglar solo relojes. También reparaba desde electrodomésticos hasta juguetes. Por fin, se veía luz al final del túnel.

CAPÍTULO 20

—Podemos confirmar que cada vez que nos llega un SMS, aparece una víctima —dice Carlos.

—Sí, sin duda. Pensé que Daniel podría ser más verdugo que víctima, la verdad. O quizá pensaba eso porque quería que fuera un caso rápido. Daniel mata a Juan por accidente. Trata de ser creativo a la hora de escenificar el crimen, pero la presión y la culpa le pueden y desaparece. Finalmente, acaba suicidándose —se resigna a verbalizar Alma.

—A ver, el final que ha corrido es el mismo. Pero, en primer lugar, eso tendría lógica si él hubiera presentado la escena de Juan como un posible suicidio. Y, en segundo, es más que obvio que no se ha suicidado. Solo hay que ver el panorama que hay ahí dentro.

—No entiendo nada. Parece que puede haber un autor común de ambos, aunque algunas piezas no terminan de encajar.

—Nada encaja —corrobora Carlos—. Recapitulemos. La única relación que hay entre la primera víctima y la segunda es que el cuerpo de Juan aparece en un apartamento propiedad de Daniel. Además, en el primer asesinato no hubo robo. En el segundo, sí.

—Que nosotros sepamos —advierte Alma—. Recuerda que no había nada en el apartamento en el que apareció el cuerpo de Juan. Tenemos que volver a hablar con la familia de Daniel. Quizá estaba metido en algún lío, tenía vicios o debía dinero a alguien. Y se han querido cobrar la cuenta a base de amenazas y robos. Hasta que se les fue de las manos. Hay que hablar con su entorno. Saber si Daniel tenía una vida turbia. Paralela. De hecho, vamos a empezar por Javier. No sé si es trigo limpio, pero me da la impresión de que sabe más cosas de Daniel que su propia esposa.

—Es posible que sea un ajuste de cuentas, sí. Pero ¿y Juan? ¿Por qué se cargan a Juan? ¿Y de esa manera?

—Quizá Juan también esté implicado. No sería raro que alguna banda de crimen organizado haya aprovechado para deshacerse de él también. Hay que conocer el entorno de este. A ver qué nos cuentan de su vida. De su pasado. Daniel y Juan, que tengan algunos vicios en común. Quizá vivían por encima de sus posibilidades y pidieron dinero a las personas equivocadas.

—De acuerdo. Pues si te parece bien, mientras tú interrogas a Javier, yo voy a averiguar cómo era Juan en su día a día. Sobre todo, si ocultaba algo.

—Me parece bien.

—Y una última cosa que no termino de pillar. El asesino debe tener algún tipo de relación con nosotros dos. El mensaje nos llegó a ambos antes de que nos conociéramos. Por lo que la relación tiene que ser de nuestro pasado.

—O de nuestro presente reciente —replica Alma—. Con Internet, todo es posible. Podrían haber hackeado la base de datos de la comisaría. Allí están nuestros datos. Seguro que ahí figuraba que íbamos a ser compañeros. Habla con los informáticos, que analicen si ha habido algún intento de ataque a nuestro sistema. Que hagan su trabajo y nos informen. La Científica también está haciendo el suyo. En breve, estará el informe completo de la autopsia. Vamos a hacer nosotros el nuestro.

CAPÍTULO 21

Alma se encuentra en el bar de Damián. Esta vez, no está hablando de su vida personal con Carlos. Ahora está con Javier y el tema de conversación no es otro que Daniel.

—¿Cómo conoció a Daniel?

—Hace ya casi veinte años. Prácticamente desde que me gradué. Vengo de familia de abogados, pero siempre he querido trabajar por mi cuenta. No me gusta deberle nada a la familia. Así que comencé con un bufete pequeño. Poco a poco, fui consiguiendo clientes y ganando casos. Cuando quise darme cuenta, estaba haciendo dinero. Pero lo cierto es que, a nivel personal, no me llenaba demasiado. Al final, ejerciendo de abogado, no siempre defiendes a inocentes. Defiendes al mejor postor. Eso no iba conmigo, así que decidí cambiar de sector. El tema fiscal me resulta más interesante. Monté esta asesoría. El primero que vino a hacer la entrevista fue Daniel. Al principio, dudé si contratarlo o no. Era una persona bastante introvertida y un poco rara, no se lo voy a negar. Pero bueno, la verdad es que cumplía con el estereotipo de contable *crack* de los números. Decidí contar con él y, que yo sepa, solo trabajaba aquí —se explaya el señor Vizcaíno.

—¿Sabía si tenía algún vicio? —pregunta Alma mientras toma nota de las palabras de Javier.

—Sus muñequitos eran su vicio —contestó Javier, con una mirada perdida y nostálgica, recordando a su amigo como si hiciera mucho tiempo que ya no está con él.

—¿Putas? ¿Drogas? ¿Porros? ¿Juego? ¿Apuestas? —espetó la inspectora Garrido sin ningún atisbo de empatía. Algo no termina de cuadrarle. Tiene la sensación de que Javier le oculta algo.

—A ver, inspectora, era mi empleado, no éramos amigos, no lo sé… —echa balones fuera.

—Los resultados de la autopsia saldrán pronto, no será ningún secreto si las consumía o no —comenta Alma, directa.

—En alguna comida de empresa sí que he visto que se le iba un poco la mano con la cocaína. Eso nos costó una pelea muy grave. Casi lo despido. Me juró que nunca más volvería a consumir. Pero cualquiera sabe. La característica principal de la droga es que no la puedes dejar cuando quieras —explica.

—¿Sabe cómo la conseguía?

—No, por Dios, yo soy antidrogas totalmente.

—¿Ni en las comidas de empresa?

—Jamás. Mi abuelo murió de una sobredosis y dejó a mi madre huérfana con ocho años. No veas lo que esa mujer ha tenido que pasar para llegar donde llegó. Es la mejor abogada que conozco.

—Me alegro de que su madre se sobrepusiera a una situación tan adversa —dice Alma, aunque sigue sin fiarse. Le da la impresión de que Javier se está esforzando en blanquear su imagen.

—Bueno, si no hay nada más, debería avisar de lo sucedido a mi familia y a mis empleados. ¡Qué desgracia!

—Hay una cosa más. ¿Por qué fue con tanta desesperación a su despacho? ¿Qué guardaba con tanto anhelo? Cuando estaba arrodillado al lado del cuerpo de Daniel, le vino algo a la mente, y fue directo a su despacho. Una vez allí, gritó que le habían robado. ¿Qué le robaron?

—Estaba en *shock*. Me equivoqué. Lo vi todo revoloteado y pensé que me habían robado. Lo he comprobado todo. Es cierto que están las cerraduras, tanto de mi despacho como de mis cajones, forzadas, pero no se han llevado nada. Está todo —miente con descaro Javier, al que le falta su bien más preciado: su portátil.

CAPÍTULO 22

Carlos está delante de la puerta de la vivienda del difunto Juan. La viuda está al otro lado. Ya conoce la noticia y está en pleno duelo. Conversar con ella no va a ser fácil. Carlos se enfrenta a su primer reto en solitario como policía y va a tener que usar todas sus habilidades blandas para salir airoso de la charla. Siente la presión de que tiene que averiguar algo, no puede volver con Alma sin nada, con las manos vacías.

Tras inspirar y espirar con gran profundidad, Carlos toca el timbre. Le abre una mujer de unos cuarenta años. Detrás de las lágrimas se halla una mirada triste, aunque llena de inocencia.

—Hola, señora, soy el inspector Carlos Valverde. Lamento mucho su pérdida. Estamos trabajando para esclarecer los hechos y poder resolver el caso lo antes posible. Aún no le podemos decir nada, pero necesitaría, si fuera tan amable, que me respondiera a unas preguntas. No se preocupe si no puede ser ahora. Aunque sí que es cierto que ayudaría mucho que colaborase con la mayor prontitud. La mayoría de los casos de esta índole se resuelven en las primeras horas, o días —suelta Carlos, como un globo cuando se desata el nudo y se deshincha a toda velocidad.

—Hola, inspector. Soy Matilde Aguirre. Claro, adelante. ¿Qué quiere tomar? —pregunta con amabilidad, incluso ternura, la viuda de Juan.

—Un café solo está bien, muchas gracias.

—¿Azúcar?

—Sí, una cucharadita.

—De acuerdo, siéntese en el sofá, como si estuviera en su casa. Debe estar agotado. Los policías dormís fatal. Al menos eso es lo que veo en las series.

—Mis referencias respecto a ese tema también son las series —comenta Carlos, ya más relajado—. Este es mi primer caso. No está siendo fácil, pero tengo unas ganas tremendas de saber qué le ha pasado a su marido. Por eso necesito su colaboración.

—Claro, quiero poder enterrar a mi marido tranquila, sabiendo quién le ha hecho esto y por qué. Mi marido no se ha metido jamás en líos —explica Matilde mientras una lágrima recorre su mejilla izquierda.

—¿Últimamente ha notado que se comportaba de manera diferente? ¿Lo ha notado más estresado que de costumbre? —empieza a indagar Carlos.

—No especialmente. Juan es una persona muy nerviosa y activa. Bueno, era… —La señora comienza a llorar. Las lágrimas le recorren la cara con más frecuencia, la voz se le entrecorta y decide darle un par de sorbos a la tila doble que se ha preparado.

—No se preocupe, señora Aguirre, tómese su tiempo. Es importante que recuerde bien si ha notado algo extraño, algún cambio de rutina…

—Es que su vida estaba igual que siempre. Sí que es cierto que pasaba muchas horas fuera. Hemos estado varios años viviendo en Barcelona. Mi marido… era… profesor de universidad. Estudió Ciencias Químicas y se especializó en Bioquímica e Inmunología. Ha estado varios años investigando sobre enfermedades raras. La verdad, no me pregunte mucho de ese tema, porque yo me pierdo. Sé que allí estaba consiguiendo buena financiación para sus investigaciones.

A Carlos le dio un vuelco el corazón. Se acordó de Lara e, instintivamente, preguntó:

—¿Su marido conocía a una estudiante que se llama Lara?

—La verdad es que ni idea, en casa no hablaba mucho de trabajo. Lo cierto es que porque yo se lo pedía. Quería que desconectara. Que no se trajera el trabajo a casa. Bastante estrés llevaba ya el pobre. Siempre pensé que moriría de un infarto…, pero mira…

—Bueno, aún no se sabe nada de la autopsia, pero todo parece indicar que la muerte no fue natural —se recupera un poco Carlos, después de que su mente volviese a sacar a Lara a la palestra.

—Me lo han matado, inspector, ¡¿por qué?! ¡Él era un hombre bueno! Siempre estaba ayudando a los demás. Por eso nos vinimos a Murcia.

—Cuénteme con más detalle.

—Nosotros vivíamos en Barcelona, pero Juan conoció a un hombre de una ONG, no recuerdo su nombre. De hecho, yo nunca lo vi.

—Intente recordar, Matilde, es muy importante.

—Era un nombre muy raro. Ernesto o Evaristo o algo así. ¡Eladio! Se llama Eladio.

—Muy bien, señora Aguirre, continúe.

—El caso es que Juan decidió que volviéramos porque quería ayudar en la ONG. Guardaba relación con las investigaciones que él hacía. Recaudaban fondos para financiar tratamientos y terapias para personas enfermas. Esclerosis y otras enfermedades.

—Parece que su marido era un buen hombre, señora.

La señora Aguirre sonríe mientras se seca las lágrimas. Esta vez de orgullo.

—Sí, lo era.

—¿Podría darme el nombre de la ONG?

—No recuerdo el nombre. Espere, le doy un folleto de los que tenía él por aquí.

La mujer se ausenta unos minutos para buscar el panfleto con la información de la ONG. Tras unos minutos, regresa con las manos vacías.

—No lo encuentro. Es raro porque él teletrabajaba desde casa. Aún daba clases *online* para la Universidad de Barcelona. Todas las gestiones de la ONG las hacía desde aquí. No sé si habrá tenido que ir presencialmente y se las habrá dejado allí. Pero ya le digo, no sé dónde es. Nunca he ido ni hemos hablado de eso.

—¿Tenía un sueldo de la ONG?

—Sí, pero no era mucho. Anecdótico más bien.

En ese instante, a Carlos le vibra el móvil. Es Alma. Lo coge de inmediato.

—Dime, Alma.

—Ya están los resultados de la autopsia. Ha muerto asfixiado. Lo metieron en el congelador una vez muerto. Se descarta el suicidio.

—De acuerdo. Creo que tengo un hilo por el que tirar.

—Yo tengo otro. Daniel Sáez consumía cocaína. Me lo ha dicho Javier Vizcaíno. ¿Y a que no sabes quién consumía también? Juan. Ha dado positivo en el análisis toxicológico.

10 *AÑOS ANTES*

Julián estaba notando a Miranda rara los últimos meses. Se le caían las cosas de las manos, tenía tropezones de lo más absurdos. A veces, incluso derivaban en caídas tontas. Estaba presentando una torpeza nada habitual. Además de que mostraba signos de cansancio constantemente.

«Miranda tiene ELA. Esclerosis lateral amiotrófica. Es una enfermedad degenerativa neuromuscular. Las células del sistema nervioso van progresivamente disminuyendo su función hasta que acaban muriendo. La enfermedad tiene un avance progresivo y constante. Actualmente, no hay cura. Hay terapias paliativas y tratamientos experimentales..., pero tienen que hacerse a la idea. La situación cada vez será más difícil de sostener...».

Ese es el discurso del doctor que Julián no se quitaba de la cabeza. Tenía que hacer algo. Buscando y buscando, encontró una organización sin ánimo de lucro, IDISERN (Investigación, Desarrollo e Innovación Sobre Enfermedades Raras y Neurodegenerativas). Fue como encontrar un oasis en el desierto. Un rayo de luz en la oscuridad. Un atisbo de esperanza.

Julián no dudó en llamar y rápidamente lo pusieron con el director del centro: Eladio Marquina.

«No se preocupe, aquí podrá recibir la mejor terapia paliativa. Le haremos más llevaderos los días. Ahora le dejo con mi secretaria para que le deje todos los datos y le dé cita para que vean nuestro centro. La vamos a incluir en una

lista de espera para recibir un tratamiento experimental en el que tenemos muchas expectativas puestas. Creemos que puede tener excelentes resultados. Cada vez estamos más cerca de la cura».

Ese es el discurso del director Marquina que Julián no olvidaría jamás.

CAPÍTULO 23

Los inspectores Valverde y Garrido se encuentran en la puerta de la comisaría.

—Pasa, Carlos, tenemos mucho trabajo. Pilla dos cafés y te espero en la sala de reuniones. He quedado con los de la Brigada Central de Investigación Tecnológica.

—A sus órdenes, jefa —asiente Carlos, emulando el saludo militar.

Cuando Carlos llega con los cafés, Alma ya ha empezado a hablar con Héctor y Nando, los inspectores de la BCIT.

—Dicen que no ha habido ningún movimiento extraño en las últimas semanas. Ningún intento de hackeo con la más mínima probabilidad de éxito —actualiza la situación Alma.

—Alma nos ha comentado que han recibido un SMS donde aparecía la ubicación de las escenas del crimen. Lo mejor será que estén un par de días sin teléfono. Vamos a tratar de rastrear esos envíos —propone Héctor, con más pinta de informático que de policía.

—De acuerdo, aquí lo tienen —dicen Alma y Carlos al unísono.

—En breve, esperamos tener información útil —aporta Nando, el más joven de los dos, mientras coge los teléfonos.

—Os dejamos trabajar —se despide Alma con pragmatismo—. Y tú, acompáñame, tenemos que hablar con Narcóticos.

CAPÍTULO 24

—Tenemos a dos víctimas que consumen cocaína, según una autopsia y un testigo, que lo único que tienen en común es precisamente eso —resume sin preámbulos Carlos.

—Y que le robaron las pertenencias —apuntilla Alma.

—Sí. Además, las escenas del crimen son bastante dantescas. Juan fue encontrado en un congelador, y Daniel, en la asesoría donde trabajaba, con cristales clavados en sus extremidades. Hemos barajado que podría tratarse de un ajuste de cuentas y querríamos saber quién controla el mercado de la cocaína por la zona —termina de explicar Carlos.

—Los hermanos Cuervo. Zacarías y César. Controlan el 80 % de las ventas del sureste del país. No solo Murcia, sino también Alicante, Albacete y Almería. Llevamos tiempo detrás de ellos. Hemos trincado a gente que sabemos que trabajan para ellos, pero los muy cabrones no los han delatado. Los tienen bien pillados. Extorsionan y amenazan a las familias. No se andan con chiquitas. Aunque nunca hemos visto nada relacionado con ellos de esas características. Los ajustes de cuentas no suelen ser tan elaborados. Dos tiros, y el cadáver a la cuneta de una carretera, o incluso en los contenedores de barrios marginales. Estamos organizando un operativo para intentar detenerlos. Creemos que se va a mover una cantidad considerable que viene de Colombia, pasando previamente por Galicia… —explica el inspector Canales, un hombre calvo, cincuentón, que recuerda al agente Hank Schrader, de *Breaking Bad*.

—Estaremos atentos, pero dudo mucho que sea cosa de ellos. Llevan muchos años operando y nunca nos hemos encontrado con ese tipo de escenas. Ellos solo quieren dinero. Si quieren mandar un mensaje, meten dos tiros y tiran el cuerpo a la basura del barrio de turno. Eso sí que es atribuible a ellos. La gente en las calles lo capta así —reitera el agente Mieres, alto, espigado y requeterrepeinado hacia atrás.

—¿Y no es posible que haya alguien que trabaje para ellos y se tome esas libertades? —insiste Carlos.

—Todo es posible, ya le digo, estaremos atentos —responde Canales.

—¿Y el otro 20 %? ¿Quién lo controla? —pregunta Alma.

—Está muy diversificado. Pero es gente de poca monta. Me extrañaría mucho que...

—¿Y si quieren hacerse un nombre? —interrumpe Carlos.

—Ya les hemos dicho que lo miraremos. Ahora, si nos disculpan, tenemos trabajo —zanja Mieres, con indicios de perder la paciencia.

CAPÍTULO 25

—No creo que vayamos a rascar nada por esta línea —sospecha la inspectora Garrido—. Cuéntame qué te contó la mujer de Juan. Me dijiste que tenías un hilo del que tirar.

—Sí, verás, la mujer de Juan es una mujer bastante inocentona. Si su marido esconde algo turbio, seguramente sea la última en enterarse. De hecho, aunque lo tuviera delante de sus narices, no sería capaz de verlo. Tiene a su marido idealizado. Me ha estado contando que vivieron en Barcelona porque Juan trabajaba en la Universidad, de profesor, dirigiendo tesis —explica el inspector Valverde.

—¿De qué daba clases?

—Estaba especializado en enfermedades raras, me dijo la señora Aguirre. Se volvieron a Murcia porque Juan empezó a colaborar con una ONG, pero Matilde, la mujer, no supo decirme el nombre de la organización. Lo que sí que me dio fue un nombre de persona: Eladio.

—Ya tenemos algo por lo que empezar. Venga, te invito a mi casa. Pillamos algo de cena de camino y tiramos de ese hilo. A ver qué asociaciones relacionadas con las enfermedades raras y con ese tal Eladio encontramos en Murcia.

CAPÍTULO 26

—*IDISERN*. Investigación, Desarrollo e Innovación sobre Enfermedades Raras y Neurodegenerativas. Tiene que ser este centro. El director se llama Eladio Marquina. Parece un poco egocéntrico. Sale en todas las secciones de la página web —señala Carlos mientras da el último bocado a la *pizza* de sobrasada que ha pedido del Infraganti, un restaurante italiano en Murcia que elabora las mejores *pizzas* napolitanas de la ciudad.

—Apunta la dirección, mañana nos presentamos ahí a primera hora. Deja el portátil, te preparo un ron con Coca-Cola Zero. Ponte cómodo —sugiere Alma mientras acude a la cocina para preparar el cubata.

La casa es pequeña, bastante acogedora. No hay muchos elementos decorativos de carácter personal. Solo una foto con su hermana. Carlos inspecciona desde el sofá el salón y percibe las marcas de humedad y de las alcayatas de cuadros antiguos, que ya no están. Además, también advierte un portafotos bocabajo.

—Bueno, cuéntame, ¿qué tal con David? —pregunta, sospechando que la respuesta va a ser negativa.

—Ya no estamos viviendo juntos. Se ha llevado sus cosas definitivamente —confirma Alma. Eso explica la escasa decoración de la casa.

—Nunca me has contado exactamente qué pasó —se interesa Carlos.

—Lo importante sí te lo conté. Quiero tener hijos. Él no. Fin —responde tajante Alma mientras se sienta con Carlos en el sofá.

—Perdona si he preguntado demasiado —se disculpa Carlos.

—Anda, toma. Quiero brindar por el buen rato que vamos a pasar esta noche —le susurra Alma al oído, al tiempo que le da la copa, se pone a horcajadas y le besa en la boca con pasión. Carlos sucumbe a la sensualidad de Alma. La toma en brazos y la acuesta con brusquedad, bocarriba, en el sofá. Hicieron el amor como animales. Una, dos, tres veces… hasta que se le cruzó el vívido recuerdo de Lara.

22 DE SEPTIEMBRE DE 2018

Ese sábado se cumplían cinco meses desde que Lara y Carlos fueron al concierto de Extremoduro. Ese día no le pidió salir, pero semanas después, lo estipularon, por mutuo acuerdo, como el día en que su relación empezó.

Además de ser muy melómanos, les encantaba viajar. Su primer destino como pareja no fue otro que Estambul. La antigua Constantinopla. Ciudad protegida por murallas y por el Cuerno de Oro (un estuario a la entrada del estrecho del Bósforo que divide la ciudad) durante innumerables asedios a lo largo de la historia, hasta que en 1453, el sultán otomano Mehmed II lograba penetrar en la ciudad, y de esta manera acabar con el Imperio bizantino. El sultán rebautizó la ciudad bajo el nombre de Estambul y la asignó como capital del Imperio turco.

Ese día, Carlos y Lara llegaron al aeropuerto de Estambul a las nueve de la mañana, después de cuatro horas de vuelo. Ambos pasaron prácticamente todo el trayecto durmiendo. Al llegar allí, había que adelantar el reloj una hora. El traslado hasta el centro de la ciudad, donde tenía su hotel, fue a través de un servicio de traslados que se hacían en furgoneta. Al principio pasaron un poco de miedo, porque la gente allí conduce de manera muy temeraria, pero consiguieron acostumbrarse rápido.

A la una del mediodía, cuando se acomodaron en el hotel, cambiaron algo de dinero de euros a liras turcas. Con los billetes turcos ya en el bolsillo, decidieron hacer

un free tour, una manera muy agradable y práctica de empezar a conocer la ciudad. Le explicaron con gracia y elocuencia la historia de Estambul desde el Imperio romano de Oriente hasta la Independencia de Turquía, pasando por los quinientos años de hegemonía otomana. Conocieron las costumbres de la gente local, probaron dulces turcos, cafés y cachimba y visitaron los edificios más emblemáticos, como la Mezquita Azul o Santa Sofía.

Tras el agradable paseo por la hermosa ciudad, fueron a un restaurante llamado Seven Hills, en honor a las siete colinas sobre las que se fundó la ciudad. Allí probaron unos platos exquisitos de pollo kebab y meat balls combinados con ensalada, arroz y maíz. Lo más bonito de ese restaurante era su terraza, que poseía las mejores vistas de la plaza Sultanahmet, la Mezquita Azul y Santa Sofía, además de las preciosas del Bósforo, que divide la parte asiática de la cuidad de la europea.

Mientras disfrutaban de la esplendorosa panorámica, le dieron de comer a las gaviotas que sobrevolaban la terraza. Cuando quisieron darse cuenta, eran las cinco de la tarde y debían acudir a su cita con los organizadores de un crucero, precisamente, por el Bósforo.

El día estaba siendo impresionante. Tomaron un montón de notas de sitios a los que querían ir los próximos días. Se estaban empapando de la historia y costumbres turcas. Sobre las nueve de la noche, después de haber hecho más de veinte mil pasos, cenaron en un puesto de kebab callejero que les encantó. La calidad de la carne era mejor que la de los kebabs que habían probado en España. Y sin salsas.

Cenaron con celeridad porque estaban deseando llegar al hotel. Estaban agotados, aunque aún les quedaba

un último aliento para devorarse con pasión sobre la enorme cama del hotel. Estaban en la plenitud de su relación. Tenían la intimidad de haberse conocido como amigos previamente. El compromiso, desde hace varias semanas, de estabilizar una atracción que, durante mucho tiempo, había sido imposible de materializar. Y, por supuesto, estaban en el culmen de la pasión, el deseo y el desenfreno. ¿Qué podía salir mal?

CAPÍTULO 27

Carlos despierta en el sofá de la casa de Alma. Está solo. Mira a un lado y a otro. Al fondo del pasillo se abre una puerta. Ve una silueta salir de esa puerta desperezándose.

—Buenos días —dice Carlos, un poco resentido porque Alma no le invitara a dormir junto a ella en la cama.

—Buenos días, ¿qué quieres desayunar? —pregunta Alma.

—Café y, bueno, lo que me ofrezcas…, ya que no me has ofrecido un sitio mejor… —insinúa Carlos, medio en broma, medio en serio.

—Bastante que te he ofrecido el sofá y no te he mandado para tu casa —responde Alma, contundente.

—Vaya humor tenemos por las mañanas… Cualquiera diría que no te gustó lo de anoche…

—Me gustó. Y mucho. Pero que te quede bien clarito. Lo que pasó anoche no se repetirá. Ya he vivido esto antes y nunca sale bien —afirma Alma.

—No es la primera vez que escucho eso. No te preocupes. Yo también lo he vivido. Por mí, como si nada hubiera pasado —contesta Carlos, resentido. Tiene la sensación de que nunca comprenderá el cerebro femenino. Esa noche también se ha acordado de Lara, y se ha dado cuenta de que la felicidad con una mujer puede llegar a ser muy efímera.

—Perfecto. Todo hablado por ambas partes. ¿Te preparo unas tostadas de jamón con tomate?

—Sí, jamón y tomate está bien.

Mientras la inspectora Garrido prepara el desayuno, recibe una llamada al teléfono fijo de su casa. Son los inspectores de la BCIT.

—Buenos días, inspectora. Hemos conseguido rastrear los SMS que el inspector Valverde y usted recibieron. Verá. El primer SMS se envió desde la calle Juan Martínez Meseguer, número 14, mientras que el segundo mensaje se envió desde la calle Agustín Virgili, número 5 —narra el inspector Fernando Sastre, Nando.

Alma se queda pensativa, sin decir ni una palabra. Maquinando, atando cabos en su cabeza.

—¿Inspectora? ¿Sigue ahí?

—Sí, sí. Gracias, Nando. En breve nos pasaremos por la comisaría a por los móviles. Nos habéis sido de gran utilidad —cuelga Alma, agradecida.

—¿Qué pasa? —pregunta Carlos, preocupado al ver la cara de Alma.

—El mensaje que nos enviaron para que acudiéramos al piso de Daniel, donde encontramos a Juan, fue enviado desde la calle Juan Martínez Meseguer, donde está la asesoría Javizayal —empieza a explicar Alma.

—Donde encontramos el segundo cuerpo —sigue el hilo de la conversación Carlos.

—Exacto. Por otro lado, el segundo SMS que recibimos en la casa de Leonor y que nos llevó hasta la asesoría fue enviado desde la calle Agustín Virgili.

—Vamos, que podemos deducir un patrón. El SMS es enviado desde el sitio que se va a cometer el siguiente crimen.

—Es muy posible. De hecho, tiene toda la pinta. La visita a Eladio puede esperar. Vamos a la calle Agustín Virgili ya.

8 AÑOS ANTES

Miranda llevaba un par de años recibiendo la terapia contra la ELA en IDISERN. Esta terapia combinada consiste en la administración de un fármaco que retrasa el avance de la enfermedad y mejora la calidad de vida de las personas afectadas, aunque no está tan clara la eficacia y puede tener efectos adversos. También se le administran antiespásticos para reducir la rigidez muscular. Dispone de atención recurrente de fisioterapeutas, psicólogos, nutricionistas y logopedas.

Allí, Julián y Miranda conocieron a mucha gente con problemas muy graves y esperanzas de vida muy cortas. La pareja les cogió mucho cariño a muchos pacientes, o compañeros, al fin y al cabo. En especial, a tres personitas. Tres niños. Para Miranda, era inspiración pura. Esos tres chavales le guiaban el camino y le hacían no perder la energía para luchar. Pero, sobre todo, no perder la sonrisa. Eran, junto a Julián, su gran apoyo.

Iker, de ocho años, padecía osteoporosis imperfecta. La enfermedad de los huesos de cristal. Técnicamente, la enfermedad está causada por la deficiencia en la síntesis de una proteína, el colágeno tipo I, esencial en la estructura de los huesos. Al tener menos colágeno de lo normal, o de peor calidad, los huesos de las personas que padecen la enfermedad son frágiles y débiles. Iker también estaba esperando para recibir tratamientos experimentales. Era un niño, a priori, tímido y reservado. Le encantaba escuchar música y siempre llevaba puestos unos cascos rojos, enormes, con el escudo de Ferrari. Le

flipaban todo tipo de carreras de coches. En especial, las Fórmula 1. Siempre estaba jugando con su consola a ese tipo de juegos. Cuando alguien le caía mal o no le interesaba lo que decía, se ponía a jugar y ponía la música a toda leche. Pero Miranda le caía bien. Cuando la veía llegar, apagaba la consola y se ponía los cascos al cuello. Solía saludarla cantando el estribillo de la canción que justo antes estaba escuchando.

Celeste tenía tres años. Nació sin defensas. Inmunodeficiencia combinada severa. Era una niña burbuja. Su sistema inmunológico no funcionaba. Tras sufrir varias infecciones en sus primeros meses de vida, Celeste fue diagnosticada. Llevaba prácticamente toda su vida viviendo en una sala blanca, similar a una burbuja, esperando un donante de médula que no llegaba. Recientemente había ingresado en un programa de terapia génica experimental, el cual era carísimo e ISIDERN no podía costear al completo. Necesitaba, también, la colaboración económica familiar. Era una niña muy alegre. Desde fuera, daba mucha pena verla encerrada, pero ella era feliz. Era todavía muy pequeña y no concebía otro tipo de vida. Aún no se planteaba salir. Miranda se encariñó mucho de ella y todos los días iba a verla. Físicamente, le recordaba a su yo de tres años.

Diana era la mayor de los tres. Doce años recién cumplidos. Presentaba insensibilidad congénita al dolor. No mostraba reacción de huida ante estímulos dolorosos, lo cual le provocaba quemaduras, lesiones graves de huesos por fracturas no percibidas e incluso úlceras en la piel por roce o contacto continuo con superficies abrasivas. Básicamente, Diana debía tener constantemente una persona que la supervisase y Miranda se ofreció voluntaria para cubrir un espectro de horas. Se hacían

compañía mutuamente y Miranda trataba de resolver muchas de las inquietudes que tenía Diana, propias de su reciente entrada a la adolescencia. Estaba esperando poder entrar como voluntaria a un tratamiento experimental que consistía en una pastilla que despertaría su sensibilidad, pero llevaban mucho tiempo sin noticias.

Tras dos años, Miranda corrió la misma suerte que la pequeña Celeste y pudo comenzar un revulsivo tratamiento experimental. Iker y Diana también empezaron sendos tratamientos. El de Miranda consistía en una terapia celular que utilizaría células madre con un gen específico modificado que codifica una proteína específica protectora. De esta manera, dicha proteína sería capaz de llegar a la médula espinal o al cerebro, ya que de otra forma no podría atravesar la barrera hematoencefálica. El resultado sería la protección de las neuronas motoras enfermas de la médula espinal y el cerebro. Pero este tratamiento sería muy caro. El IDISERN costeaba una parte, pero el esfuerzo económico que Julián y Miranda debían hacer sería notable. Julián, a partir de ese momento, solo vivía para trabajar y pagar la nueva puerta que se les había abierto.

CAPÍTULO 28

De camino a la calle Agustín Virgili, la inspectora Garrido recibe la llamada de la Policía científica. Le confirman que Daniel, al igual que Juan, ha muerto asfixiado. Por lo que se puede deducir, en ambos casos, que la escenificación fue montada *a posteriori*.

Al contrario de lo que declaró Javier Vizcaíno, Daniel dio negativo en cocaína en el análisis toxicológico. En ese aspecto, difiere del análisis de Juan.

—Es posible entonces que Mieres y Canales tuvieran razón y estemos buscando en el sitio equivocado. Esto tiene que ser obra de un psicópata. Un psicópata que está jugando con nosotros. Mandando mensajes... ¿Cómo tiene nuestros números? —teoriza con desesperación Carlos.

—Seguro que en nuestra comisaría tiene que haber respuestas. De ahí han tenido que tomar nuestros datos. Si no es por un ataque informático, habrá sido presencial. Alguien ha filtrado algo, alguien se ha tenido que colar —responde exponiendo más incógnitas Alma.

—Ese psicópata lo tiene todo muy bien estudiado. Tiene, o tienen, que tener un móvil que aún no alcanzamos a ver. Tiene que haber algún tipo de relación entre Juan y Daniel. Quizá no es la droga. Pero tiene que haber otra... —continúa Carlos, como si Alma y él estuvieran manteniendo dos monólogos paralelos, en lugar de mantener una conversación.

Ambos siguen abstraídos en sus pensamientos, en sus teorías, tratando de encontrar más resquicios donde buscar, más piezas del puzle. Cuando quieren darse cuenta, han llegado al sitio. Carlos para el coche. Alma abre rápidamente la puerta.

—Quizá ahí dentro encontremos respuestas.

CAPÍTULO 29

Carlos toca al timbre de la casa número 5 de la calle Agustín Virgili. Es una casa enorme, según se puede apreciar desde fuera. Nadie contesta. Cansado de esperar, Carlos ve que, al otro lado, la puerta presenta un pomo que es posible que se pueda abrir. Muchas casas de ese estilo lo tienen y, además, la llave no suele estar echada porque es un recurso útil para dar las instrucciones a los repartidores que quieren dejar un paquete en el jardín cuando el inquilino no se encuentra en el domicilio.

La mano de Carlos es demasiado grande. Prueba suerte Alma. ¡Bingo! La puerta se abre. Ambos pasan al jardín. Es enorme, de césped artificial, con un camino empedrado. No de horas, minutos y segundos, sino de mármol. Los inspectores miran con asombro la blanca y bonita fachada, con cristaleras descomunales en la planta más alta.

—Vaya pedazo de choza —suelta Carlos, acompañado con un silbido de asombro.

—Aquí hay mucho dinero metido. Seguramente, mucho más negro que la fachada —Alma se permite un chascarrillo, liberando un poco de tensión—. Va, toca de nuevo, que es lo tuyo.

Carlos toca el timbre hasta en siete ocasiones. Nadie abre la puerta.

—¿Ahora te toca a ti hacer lo tuyo? ¿Abrir las puertas sin permiso? —espeta Carlos.

—Te recuero que has sido tú quien lo ha intentado primero —responde Alma, dejando callado a Carlos, al menos por unos segundos.

—Joder, no hay nadie. Vamos a tener que venir en otro momento, o pedir una orden. ¿De quién será esta casa? —pregunta Carlos, retóricamente.

—No lo sé, pero voy a averiguarlo ya. —Alma retrocede sobre sus pasos y se dirige hacia la puerta exterior—. No puede ser... ¡Ven rápido!

Carlos deja de hablar con la luna y se echa una carrera hasta la puerta.

—¡Eladio Marquina! —lee con sorpresa—. Tenemos que ir a IDISERN. Hay que localizarlo, hablar con él con urgencia. ¡Eladio sí que tiene relación con la primera víctima!

—¡Qué coño! —De repente, la inspectora Garrido esprinta hasta la ventana que hay contigua a la puerta. Se asoma cubriendo su vista con las manos para evitar reflejos—. ¡Tenemos que entrar! ¡Hay un cuerpo en el suelo!

Alma se apresura para forzar la cerradura. Se encuentran con una especie de tienda de campaña totalmente transparente. Como si fuera una burbuja. La típica de los hoteles burbuja que se están poniendo tan de moda para disfrutar de una noche romántica, bajo las estrellas.

Justo en el centro de la habitación portátil, hay un cuerpo inerte. Los inspectores se acercan con una mezcla de curiosidad y miedo a la escena.

—¡Es Eladio! ¡Lo he visto en la web!

CAPÍTULO 30

Los inspectores Garrido y Valverde dejan a la Policía científica analizando la escena del crimen. Ellos ya han puesto rumbo al IDISERN para obtener más información sobre Juan y Eladio. No tienen tiempo que perder. Cuando van de camino, reciben la llamada de la inspectora Gallardo, que se había quedado a cargo de la escena del crimen. El portátil de Eladio también ha desaparecido.

Ahora mismo, lo que tenemos en común entre las tres víctimas es que les han robado el portátil. Eso quiere decir que tienen algo que esconder. Tienen algo turbio en ese portátil. La gente que oculta algo tan importante suele hacer copias de seguridad, imprimirlo en papel, tener *pendrives*, discos duros... —dice Alma.

—Sí, pero se han llevado todo. Todo. En ninguna escena, ni vivienda se ha encontrado ningún dispositivo electrónico. Ni siquiera documentos en papel comprometido —confirma Carlos.

—Quizá en el IDISERN encontremos algo.

Veinte minutos después, llegan al IDISERN. Les recibe la vicepresidenta, Carlota Murillo, visiblemente dolida por la muerte de Juan, pero, sobre todo, de Eladio.

—No puede ser. No sé qué está pasando. ¡Quién quiere hacernos daño! ¡Si eran hombres buenos! Mi Eladio... —dice la señora Murillo, llorando sin parar.

—¿Estaba muy unida a Eladio? —pregunta Alma, que se ha dado cuenta de que entre Carlota y Eladio había una relación que iba más allá de lo laboral.

—¡Éramos pareja! Bueno, íbamos a serlo. A ver..., nunca lo oficializamos..., casi nadie lo sabe. Bueno, ahora sí. Su ex. Seguro que ha sido esa zorra...

111

—Bueno, bueno, señora, cálmese. Trate de terminar las frases —dice Carlos, aturdido entre tanta pausa.

—Sí, disculpe. Eladio estaba en proceso de divorcio porque le puso los cuernos a su mujer conmigo. Esa bruja no le hacía feliz, háganme caso. Eladio y yo mantuvimos un romance en secreto. Casi siempre, esperábamos a que se fuera todo el mundo para entrar a su despacho y beber del minibar, para entonarnos. Empezábamos echando unas partidas al minigolf y bueno, acabábamos como ya sabe —cuenta Carlota, siendo explícita de más, lo que incomodó a los inspectores, que recordaron de repente la noche en la que se acostaron.

—¿Cómo se llama la mujer? —interrumpe bruscamente Alma, debido a ese clima tenso que se estaba generando (a pesar de que la tensión sexual debería estar resuelta).

—Bibiana Marín. Ahora vive en Los Ángeles. Le estaba intentando sacar todo el dinero posible a Eladio con el divorcio. Esa tiparraca… ¡Seguro que lo ha matado para quedarse con todo! ¡Y para joderme! ¡Para privarme de su amor! ¡O para ella o para nadie!

—¿No habían firmado el divorcio entonces? —pregunta Carlos.

—¡No! Estaban a punto. Seguro que no le estaba yendo tan bien como pensaban. Eladio tenía un abogado extraordinario. Javier.

—¿Javier Vizcaíno?

—¡Sí! Justo.

Carlos y Alma empiezan a unir cabos en sus mentes. Javier Vizcaíno tenía relación laboral con Eladio. Le estaba llevando el divorcio. Por un lado, Javier era compañero de Daniel, segunda víctima. Y es posible que también conociera a Juan, a través de Eladio.

—Gracias, señora Murillo. Una última cosa. ¿Javier y Eladio dónde se reunían para tratar las gestiones del divorcio? —pregunta Alma.

—En el despacho de Eladio.

—¿Donde ustedes se acostaban? —reitera Carlos sin preámbulos.

—Así es.

—Por tanto, tendrá acceso, ¿no?

—Sí, tengo una copia de la llave.

—¿Nos lo puede enseñar? Cualquier detalle resultará clave en la investigación —solicita la inspectora Garrido.

—Por supuesto —accede Carlota.

Carlota abre el despacho. Carlos y Alma otean a primera vista la estancia. Lo que ven concuerda con lo que han visto en la casa de Eladio. Lujo y ostentación. Algo que no es muy propio de una persona que en la web de IDISERN se vende como una persona altruista. Rápidamente, Alma se da cuenta de algo:

—El ordenador de Eladio no está.

La enfermedad de Miranda no cesó de progresar. La situación cada vez era más crítica, pero Miranda no perdía la sonrisa. Para ello, era primordial la labor del equipo que estaba cuidando de ella desde el primer día que entró al centro. Amelia, la psicóloga. Diego, el nutricionista. Armando, el logopeda. Y, por supuesto, Susana y Emilio, sus fisioterapeutas. Junto con los pequeños Iker, Celeste y Diana, eran su familia en el IDISERN. Incluso Julián había hecho un hueco en su corazón para esas personas.

Cuando la situación pintaba más negra, llegó la peor noticia posible. Juan García Belmonte, director de Investigación y Desarrollo del centro y máximo responsable de la línea de tratamientos experimentales, decidió suspender el tratamiento de Miranda. Decidió arrebatar el único atisbo de esperanza que quedaba en Miranda y Julián para obtener una cura o, al menos, alargar la esperanza de vida.

Julián fue notificado vía mail y tardó décimas de segundo en llamar al centro. Nadie contestaba su llamada, por lo que decidió presentarse en las oficinas del IDISERN para pedir explicaciones a Eladio Marquina, presidente. Pero, sobre todo, para hacer algo que no era propio de Julián: suplicarle que Juan García revocara su decisión.

Cuando llegó a las instalaciones, se dirigió a la secretaria, que le pidió que esperara en la sala de espera. Tras veinte minutos, Julián se cansó de esperar y fingiendo

que iba buscando el baño, consiguió dar con el despacho de Eladio. Tocó la puerta, pero no había nadie. Eladio no estaba. La secretaria le dijo que sí; por tanto, no debía estar muy lejos. Quizá él sí hubiera ido al baño.

Acto seguido, Julián no pudo resistir la curiosidad e irrumpió en el despacho. Con sigilo, se fue desplazando por toda la sala, que era enorme. No faltaba ningún lujo: mueble bar con bebidas alcohólicas de lo más exclusivas, mesa y sillas de ébano... incluso un minigolf. Sin perder un segundo, se acercó a la mesa donde estaba el ordenador. Pensó que si Eladio había salido hace poco, podría estar desbloqueado, pero no fue el caso. Justo cuando iba a desistir, se dio cuenta de que el último cajón de la inconmensurable mesa estaba entreabierto; obviamente, lo terminó de abrir. Allí había una carpeta roja donde aparecía la palabra confidencial. Cuando la abrió, lo primero que encontró fue la ficha de Iker, en la cual se describían las razones por las que se le iba a suspender el tratamiento. Justo detrás estaba la de Diana. Julián empezó a mosquearse. El pulsó se le aceleró. Continuó pasando fichas con desesperación. Dio también con la de Celeste y, por supuesto, con la de Miranda. En todas ponía lo mismo: «Estadio de la enfermedad muy avanzada. Porcentaje de éxito inferior al 0,1 %».

Julián se echó a llorar. Leer eso fue como una puñalada en pleno corazón. Justo debajo de la carpeta roja, había otra amarilla. Sin nada que perder, la abrió y leyó todos los documentos que en ella se encontraban. Conforme más leía, más se desataba su furia interior. Quería gritar, destrozar todo lo que había a su alrededor. Pero, sobre todo, destrozarle la cara a Eladio. Y a Juan, y al contable y al abogado que les han ayudado, a los cuales aún no conocía, pero que se juró que los iba

a conocer. Pero no era el momento, tenía que salir de allí. Fotografió todo y volvió a casa para contárselo a Miranda.

—He estado en el despacho de Eladio, no te lo vas a creer. ¡Ese hijo de puta se está lucrando a nuestra costa! ¡Ese, y Juan! ¡Lo de los tratamientos experimentales es una farsa! Es placebo. Desde el principio es placebo. No han gastado ni un duro en los tratamientos. Todas las donaciones, todo el dinero que les ha llegado para esa causa, de universidades, de filántropos..., ¡nuestro dinero! Está en Suiza. Han desviado todos los fondos a cuentas en Suiza desde el principio. Lo de las terapias paliativas son tapaderas para aumentar su credibilidad, porque eso sí que funciona. Pienso destapar todo esto y, después, acabar con ellos. Se van a arrepentir de esto, cariño, te lo prometo —le contaba Julián a Miranda justo antes de derrumbarse entre lágrimas, envuelto en rabia y rencor, con ansias de venganza.

Miranda estaba ya muy enferma, agotada. Apenas podía hablar ya. Tiritaba como si estuviera muerta de frío, congelada. Solo alcanzó a decir unas pocas palabras:

—No..., cielo..., no... Emilio... Susana... Amelia... Armando... Diego... No pueden perder su trabajo... Iker... Diana... Celeste... Sus familias no... no pueden... no pueden perder la esperanza.

CAPÍTULO 31

—Lo que está claro es que el asesino está buscando algo. Se ha llevado los dispositivos de las tres víctimas. Algo escondían… —sospecha Carlos.

—O algo esconde él. También está la opción de que estuvieran extorsionándolo por algo y esté borrando pruebas. Es posible que se esté cargando a quien lo chantajea.

—Puede ser… ¿Qué opinas de lo que nos ha contado la señora Murillo? Tiene mucho odio hacia Bibiana, la ex —plantea Carlos.

—Es normal que lo tenga. Seguramente sea mutuo. Celos típicos de un triángulo amoroso.

—¿Crees que alguna de las dos puede ser la asesina?

—No creo que lo sean. Al menos, en solitario… Quizá autoras intelectuales del crimen… Mañana llamaré a Bibiana. Quiero que nos cuente. Corroborar de primera mano la versión de la señora Murillo. Ver cómo reacciona ante la pérdida de su ex. Bueno, casi ex. Un crimen pasional siempre aparece en todas las quinielas.

—Y, además, está el tema de la vida de lujo que llevaba Eladio. No sabemos de dónde sacaba el dinero, pero lo que está claro es que no se privaba de nada. Es posible que Bibiana no quisiera que se le acabara el chollo. Sería una posibilidad que quisiera deshacerse de Eladio antes de perder una buena tajada en el proceso de divorcio.

—Sí. Y ahí entra en juego la otra parte de la ecuación. La persona que más me preocupa. La que, hoy en día, conecta todas las piezas: Javier. Quiero que mañana vuelvas a hablar con él. El abogado de una víctima…, jefe de otra…, abogado y dueño de

una asesoría fiscal... La vida de lujo y ostentación de Eladio...,
algo no cuadra...

—Perfecto, jefa. Mañana iré a ver a Javier —acepta con tono
profesional Carlos.

—Yo contactaré con Bibiana. Aunque no seamos del todo
conscientes, cada vez estamos más cerca —dice con positivismo
Alma.

Carlos asiente con una media sonrisa. Piensa por un instante
en invitar a Alma a una copa en su piso, pero no se decide. No
quiere emborronar el buen clima laboral que habían recuperado
después de su encuentro sexual y la posterior tensión generada.

—Pues, si no hay nada más, aquí se acaba el billete. Mañana
nos vemos en comisaría, tenemos que interrogar a la plantilla, de
algún hilo podremos tirar para averiguar quién y cómo han con-
tactado con nosotros desde el inicio de los crímenes —sentencia
Alma mientras para el coche en la puerta del edifico de Carlos.

Carlos experimenta una última tentación de querer invitar a
Alma a subir, pero definitivamente no se atreve.

—De acuerdo, muchas gracias por traerme. Mañana nos vemos. Descansa, que mañana será un día intenso.

CAPÍTULO 32

Carlos abre la puerta del edificio aún ensimismado en sus pensamientos. Dándole vueltas a si debería haber invitado o no a Alma a subir. Quizá ella hubiera esperado esa invitación.

Justo cuando mete la llave en la cerradura, la puerta se abre abruptamente. Alguien con mucha prisa acaba de chocar con él y, en cuestión de décimas de segundo, se encuentra en el suelo, sentado, con las muñecas dolidas por intentar minimizar los daños de la caída.

—¡Ay! ¡Disculpa! ¿Te encuentras bien? De verdad, perdóname. Es que voy con prisa. Estoy haciendo la cena en mi casa... Me he dejado el horno enchufado... No quiero que se me queme..., pero es que me he dejado la mitad de los ingredientes en el coche... Madre mía..., soy un desastre..., ¡no paro de liarla!

—Tranqui... No pasa nada..., si es que yo también soy muy torpe... —dice Carlos, entre conmocionado por la sorpresa y obnubilado por la luminosidad y la dulzura de la cara de esa chica. Además, el pelo rubio le resulta familiar—. Soy Carlos, por cierto. Vivo en este edificio.

—Ya..., te he visto alguna vez... Yo soy Blanca, tu vecina de enfrente.

Tras esas palabras, Carlos se sonroja porque intuye que su vecina lo pilló abriendo la puerta aquel día en el que solo pudo ver los patines que calzaba. Y su dorado pelo.

—Bueno, mientras que te incorporas, voy a coger la compra del coche... Si aún sigues aquí cuando vuelva, te puedo invitar a cenar, por el susto —propone con un tono cordial, pero con un cierto matiz insinuante, Blanca.

—Me parece buena idea, mi frigorífico está tiritando. Últimamente ando un poco liado y estoy abusando de comer y cenar fuera —acepta Carlos, elevando gradualmente la voz mientras Blanca se aleja en dirección a su coche.

En un par de minutos, Blanca está de vuelta. Carlos la está esperando con la puerta abierta. Le hace un gesto con el brazo izquierdo para darle paso. Ambos suben la escalera en casi absoluto silencio. Cuando llegan al descansillo de su planta, por primera vez, Carlos gira hacia la derecha en lugar de hacia la izquierda, como suele hacer para entrar en su casa. En poco segundos, se encuentra dentro del piso de Blanca.

—¡Anda! La disposición es justamente simétrica. Me recuerda a los pisos de *Friends* o de *Big Bang Theory*.

—¡Me encantan las *sitcoms*! Aunque de las dos que mencionas, prefiero *Friends*.

—¡Yo también! —contesta Carlos, con la euforia propia de cuando se coincide en algo con alguien que te gusta. Como si fueran las únicas dos personas en el mundo a las que les gusta *Friends*. O la *pizza*. O dormir.

—Quizá podamos acabar como los «protas» —insinúa Blanca.

—¿Liados? —pregunta con picardía, avanzando con celeridad en su intimidad, Carlos. Un tanteo atrevido, aunque confía en que su tono ha sido amigable y no pervertido.

—Además de *sitcoms*, has visto mucha comedia romántica, eh —evade la indirecta Blanca.

—No has contestado —insiste Carlos.

—Lo único que sé de ti es que me espías detrás de la puerta… —espeta Blanca.

—Soy policía, me preocupo por tu seguridad —solventa Carlos.

—Sé cuidarme bien solita.

—No lo dudo… Además, tienes tus patines para huir si fuera necesario.

—No necesito patines para huir, ya has visto que a la primera de cambio has acabado en el suelo.

—Demasiado duro… Preferiría la cama…

—Mira, ahí al fondo está el frigo, sírvete una cerveza bien fría, que bajes revoluciones. Mientras preparo yo la cena. ¡Y nada de dobles sentidos! —sentencia con risa nerviosa Blanca.

Carlos, sonriendo de forma pícara, se dirige al frigorífico y coge dos cervezas. Se dispone a abrirlas con un imán que tiene Blanca en el centro de la nevera. A Carlos le da un vuelco el corazón al ver que es de Estambul. Pero, precisamente, eso le hace lanzarse a por todas, sin pensar en las consecuencias. Devuelve las cervezas al interior del frigo y se dirige con paso decidido hacia Blanca, que está de espaldas a él, justo delante del horno. Se acerca por detrás al tiempo que apaga el horno. Acto seguido, le susurra al oído. Ella siente su aliento en el cuello y su cintura extremadamente cerca de sus caderas. Se gira ciento ochenta grados para mirarlo a la cara. Con firmeza, lo agarra del cinturón del pantalón y lo atrae hacia ella. Carlos la coge con las dos manos de la cabeza y la besa. De repente, Blanca lo aparta empujándolo con las dos manos a la altura el pecho.

—Vamos a la cama, que te tengo muchas ganas.

CAPÍTULO 33

—¿Con quién hablo?

—Hola, señora Marín, soy la inspectora Alma Garrido, le llamaba para hacerle unas preguntas... Imagino que sabrá que su exmarido ha fallecido asesinado...

—¡Cómo no lo voy a saber! ¡Y aún era mi marido! —interrumpe Bibiana—. Voy de camino a España. Ahora mismo estoy en el aeropuerto de Los Ángeles. En un par de horas cojo el vuelo.

—Le acompaño en el sentimiento e imagino que serán unos momentos muy difíciles, pero necesito hacerle unas preguntas, para esclarecer los hechos.

—¿No estará dudando de mi inocencia? —pregunta, molesta, Bibiana.

—En ningún momento la he acusado, así que no ponga palabras en mi boca que no he dicho —responde Alma, que para borde Bibiana, borde ella.

—Relájese conmigo, inspectora.

—Creo que no está en posición de exigir nada, y menos, modales, con la antipatía que demuestra su tono.

—¿Cree que iría a España si fuera culpable?

—No la llamaba por su culpabilidad o no... Se está delatando solita... Hay una víctima y usted estaba casada con ella. Puede tener mucha información que nos sea útil.

—Tiene razón. Disculpe mi salida de tono. ¿Qué quiere saber?

—¿Por qué iba a divorciarse de Eladio?

—¡Porque me puso los cuernos! Con esa mosquita muerta de la secretaria, o vicepresidenta, o lo que fuera.

—¿Cómo lo descubrió?

—Porque me lo dijo su abogado.

—¿Javier Vizcaíno?

—Exacto. ¿Lo conoce?

—Sí, hablamos con él hace unos días. Hubo otra víctima que creemos que está relacionada con el caso. Daniel Sáez. Trabajaba para él.

—Sí, me enteré. Javier me lo dijo. Es otro de los motivos por los que vuelvo a España. Está muy afectado. A Daniel no lo conocía.

—Espere. La señora Carolina Murillo nos dijo que Javier estaba llevando el divorcio entre Eladio y usted, y que usted le quería sacar todo el dinero.

—Verá, supongo que ahora que Eladio ya no está…, se lo puedo contar. Javier está enamorado de mí. Nos conocemos desde el colegio. Conozco a Eladio por él. Al principio de nuestra relación, él se alejó de nosotros, pero Eladio, con el tiempo, le volvió a contactar por un negocio que tenían entre manos. Un negocio con mucha pasta de por medio. Javier aceptó y comenzó a ir al IDISERN más a menudo. Fue entonces cuando pilló a Eladio y Carolina. La muy zorra se la estaba chupando en el despacho. Como si Eladio fuera Bill Clinton. Se creería Mónica Lewinsky la tiparraca. Pero bueno, el caso es que Javier vino a contármelo, seguramente con la esperanza de que dejara a Eladio y me fuera con él. —Bibiana hace una pausa. Alma escucha un suspiro a través del teléfono.

—Continúe, por favor —pide Alma.

—No lo hice. Le prometí que lo haría, pero antes necesitaba que me hiciera un favor. Que no le dijera nada. Que defendiera a Eladio en nuestro divorcio y que lo traicionara. Que lo desplumara. Nos repartiríamos el dinero y, entonces, podríamos irnos juntos a Los Ángeles.

—¿Por qué está en Los Ángeles?

—Porque me gusta este lugar. De pequeña estuve con una beca estudiando aquí. Está lleno de lugares que en mi memoria están guardados como refugios seguros. Aunque no lo crea, yo quería a Eladio. Para mí fue muy doloroso. Y tenía pensando cobrarme todo el daño que me ha hecho, pero con dinero. Jamás sería capaz de matarlo.

—¿Y Javier?

—Tampoco lo creo. Es un cobarde.

—Pero por usted, ha sido capaz de traicionarle, quién sabe si también de matarle. Y matar a su empleado Daniel.

—A Daniel le tenía verdadero aprecio. Es más, el día que encontraron a Daniel, venía de pasar unos días conmigo. Es imposible que Javier lo matara.

—Muchas gracias, señora Marín. Nos veremos cuando llegue, seguro.

—Será un placer, inspectora Garrido.

Tras colgar, Alma llama rápidamente a Carlos.

—¿Dónde estás?

—Llegando a la asesoría de Javier.

—Espérame en el bar de Damián. Tengo muchas preguntas que hacer.

CAPÍTULO 34

Carlos y Alma se encuentran en el bar de Damián. Alma, desde la puerta, le indica que salga. No quiere que el intenso camarero le planche mucho la oreja.

—Cuéntame qué te ha dicho Bibiana.

—Que Javier fue quien le avisó de que Eladio le ponía los cuernos. Estaban confabulados. Javier iba a traicionar a Eladio para desplumarlo con el divorcio y repartirse el dinero con Bibiana. Está enamorado de ella. Iban juntos al colegio.

—Qué fuerte. El mundo es un pañuelo.

—Eladio y Bibiana se conocieron porque Javier los presentó. Y tenían un negocio entre manos de mucho dinero.

—Vamos a ver qué nos cuenta el tortolito —dice Carlos mientras toca el timbre de Javizayal.

—Buenas tardes, señorita. Querríamos hablar con el señor Vizcaíno —pide Carlos mientras enseña su placa.

—Verán, el señor Vizcaíno no está. Cayó en depresión tras la pérdida de Daniel. De hecho, no estamos abiertos al público. Algunos empleados teletrabajamos porque no podemos dejar tirados a los clientes. Yo me encargo de llevarles a sus casas ciertos documentos que necesitan y que se encuentran aquí. Vivo aquí arriba.

—¿Nos puede dar la dirección de su casa?

—Por supuesto, se la apunto en un papel. Ayer mismo fui yo a llevarle unos papeles de un caso que estaba llevando. El pobre está devastado. Me recibió en pijama y bata. Se nota que no se asea mucho. Ese descuido no es propio del señor Vizcaíno.

—Muchas gracias, señorita…

—Miren. Me llamo Miren Urrutia.

—Encantados, tenga buena tarde.

Cuando salen de la asesoría, Alma recibe una llamada en la que le confirman que Eladio no consumía cocaína según la autopsia. Y, además, que murió asfixiado, como Juan y Daniel.

—Descartamos definitivamente el ajuste de cuentas por el tema de las drogas. Aun así, sigo creyendo que tiene que ser el mismo asesino. Tenemos que localizar a Javier. Jefe de Daniel… Enamorado de la mujer de Eladio… ¿Qué le une a Juan? —cavila Carlos.

—Monta al coche, ya vendremos a por el tuyo en otro momento —sentencia con prisa Alma.

4 AÑOS ANTES

El pronóstico de Miranda es muy muy grave. Ha pasado un año desde que descubrió la trama de corrupción del IDISERN. Un año desde que le juró a Miranda que no haría nada… mientras ella viviera. Que no le amargaría sus últimos meses de vida.

Ese último año estaba siendo fatídico. Primero Celeste. Después Iker. Por último, Diana. Todos habían fallecido. Solo le quedaban sus padres, su equipo terapéutico y, por descontado, su marido Julián.

CAPÍTULO 35

Alma aparca justo en la puerta del edificio donde vive Javier. Tiene ocho pisos y es bastante lujoso. Como era de esperar, Javier vive en el ático.

Javier abre la puerta enseguida. Los está esperando. Miren le había avisado minutos antes de que los inspectores irían a visitarle. Su aspecto no es tan demacrado como la secretaria lo había pintado. Se ha aseado y vestido decentemente para recibir visita, lo que detona que no quiere dar pena a los inspectores.

—Buenas tardes, señor Vizcaíno. ¿Cómo se encuentra? Ya nos ha contado su secretaria que está bastante fastidiado tras los hechos acontecidos.

—Sí, lo de Daniel ha sido un duro golpe para mí, y para el resto de la plantilla. Estamos todos teletrabajando. No podemos entrar allí, es como si el fantasma de Daniel vagara por la asesoría.

—Imagino que tiene que ser duro —empatiza Carlos.

—¿Solo lo siente por Daniel? ¿Por Eladio no? —espeta Alma.

—Sí, claro, por Eladio también. Era mi cliente en su divorcio. Pero esa era una relación menos estrecha. Abogado-cliente.

—Tenemos entendido que lo conocía de más tiempo. Hemos hablado con Bibiana —le explica Carlos.

—¿Qué nos oculta, Javier? —aprieta Alma.

A Javier le cambió el rictus de la cara.

—Les prometo que no les oculto nada.

—Sí lo está haciendo —insiste Alma.

—¡Yo no lo maté! ¿Vale?

—No le estamos acusando. Solo cuéntenos la verdad —suaviza Carlos, haciendo de poli bueno.

—Me dijo que no le habían robado nada, ¿está seguro? —le recuerda Alma.

—Eladio y Bibiana se conocieron a través de mí. Ella iba conmigo al colegio y a Eladio lo conozco porque le llevamos la contabilidad del IDISERN. Cuando se divorció, me ofrecí a llevar su divorcio, fue muy duro para mí… Conocía a Bibiana tanto tiempo…

—¡Y tanto! ¡Estaba enamorado de ella! —eleva el tono Alma.

—¡Eladio no la merecía! ¡La engañó con otra! ¡Yo lo descubrí! Yo sí merezco a Bibiana. Fui a verla la semana que mataron a Daniel. Ese era el viaje que hice. Nadie lo sabía. Ella iba a volver a España. Teníamos un plan. Íbamos a joder a Eladio, pero económicamente. Eso era lo que ocultaba en mi portátil. Al viaje fui solo con la *tablet*. No lo maté. Se lo juro. Tengo coartada. Estuve emborrachándome en el bar de Damián hasta que cerró. Él mismo me llevó a mi casa, completamente ebrio. Beber es lo único que hace que me olvide de Daniel. Eso, y pensar en Bibiana. Seguro que cuando ella esté aquí, consigo levantar cabeza. La necesito.

Mientras Javier habla, Carlos se ausenta unos instantes para buscar en Google el número de teléfono del bar de Damián y corroborar la historia.

—Alma, ¿puedes venir un momento? —solicita Carlos. Alma asiente y se acerca hacia él.

—Dice la verdad. Damián y el cocinero me han confirmado la historia. Además, mira. Me han pasado las fotos que se echaron ese día. Mira el reloj del fondo. Marca el día y la hora a la que se estima que murió Eladio, según la autopsia —le explica.

—Javier y Bibiana. Ambos tienen coartada… Seguimos sin tener nada. Pero aún tengo una última pregunta.

—¿Qué otro negocio tenía entre manos? Un negocio que le iba a dar mucho dinero. Usted se peleó con Eladio a causa de que empezara a salir con Bibiana. Pero luego retomaron el contacto. ¿Por qué?

—Recapacité. Quería estar cerca de Bibiana. Trabajando con Eladio lo estaría. Y sabría que tendría mi oportunidad. No me importa el dinero. Solo quiero estar con Bibiana.

—Hay amores que matan, señor Vizcaíno. Lleve cuidado. No ponga todas las manzanas de su vida en la misma cesta —sentencia Alma, dándole a entender que Bibiana no tiene buenas intenciones con Javier.

CAPÍTULO 36

—¿A qué ha venido esa coletilla final? —pregunta Carlos mientras se sube al coche.

—Solo le he advertido.

—¿Con base en qué?

—Con base en que Bibiana lo está utilizando para quedarse con todo lo que Eladio tenía. Y, después, lo va a abandonar. No le ama. No va a estar con él. Y míralo, todas las decisiones de su vida las toma en torno a Bibiana.

—Bueno, ya es mayorcito. Nadie se muere de amor. Es mejor que lo intente a que se quede con la duda para siempre.

—Mírate. Vas de Romeo, pero sin Julieta —trata de picar Alma a Carlos, quizá buscando un juego que acabe con los dos en la cama.

—¿Quién dice que no tengo Julieta? Además, tiene balcón y todo.

—¿Quién es tu Julieta?

—Mi vecina. Se llama Blanca. Mañana voy a quedar con ella. Es una chica increíble. Muy pasional, la verdad —comenta Carlos, siendo cruel sin saberlo.

Alma se calla. Quizá indignada por enterarse de que Carlos se estaba viendo con otra chica. De repente, se siente fuera de sitio. Siente que nada que tiene que ver con el amor le sale bien. Siente que eso no es para ella. David… Carlos… No es capaz de avanzar con nadie hacia un destino parecido a la felicidad. Por una cosa o por otra, acaba bloqueándose cuando alguien le gusta de verdad.

—Me alegro de que olvides pronto lo de la otra noche —dice de manera escueta y tajante Alma.

—Te hice caso.

—Ya hemos llegado a tu coche. Mañana te quiero a primera hora en comisaría, ¿de acuerdo? Tenemos que averiguar quién coño nos envió los mensajes.

Vivimos en un mundo donde existe una dicotomía fundamental que ha sido tema principal de numerosas series, películas, libros e incluso escrituras sagradas. Una dicotomía presente en campos tan trascendentales como la religión o la ética y que es la base de nuestra convivencia como sociedad. Dicha dicotomía es el bien y el mal. Yo, personalmente, creo que lo que define que una persona sea buena o mala es la suma de la toma de decisiones a lo largo de su vida. Y aquí entra en juego la ciencia. Las matemáticas. La estadística. Habrá gente que cuando llegue el final de su vida y haga balance, sea un 20 % buena. O un 40. O un 60. Y por pura estadística habrá personas que hayan sido buenas más del 95 % de las veces. Por no decir el 100. Personas a las que Dios apenas tendrá que perdonarle fallas. Pues bien, aquí estamos reunidos para recordar a una de esas personas. Miranda. Mi mujer.

Qué suerte. Qué privilegio que Miranda haya sido y siempre sea mi mujer. Porque con sus actos, con su dulce mirada, con su atención y su entrega, yo creo en la bondad. En el bien puro y absoluto. No he necesitado la fe porque ella me lo ha demostrado cada día. Últimamente, cuando despertaba por las mañanas y me acercaba a su cama, dormía, aparentemente, sin energía. Acto seguido, me pedía que me agachara. Desactivaba el modo ahorro y me agarraba con mucha fuerza los brazos. Yo me preguntaba atónito que de dónde la sacaba. Era entonces cuando me miraba a los ojos y me preguntaba

retóricamente: «¿Tú sabes cuánto te quiero?». Claro que lo sabía. Me lo demostraba cada día. Y, por suerte, ella se fue sabiendo lo que todos la queríamos. Se fue rodeada de los suyos y tuvimos el enorme privilegio de poder despedirnos de ella. Primero, entre risas. Después, entre lágrimas, cuando fuimos conscientes del vacío que deja.

Que dejas. Porque ahora me dirijo a ti, mi cielo. Porque sé que nos estás viendo. Sé que me escuchas. Miranda, dejas el vacío más lleno de este mundo. Lleno de recuerdos bonitos. Chistes, bailes, cuidados, anécdotas, comidas, cenas y buenos momentos. Tu camino aquí nos ha dejado un enorme legado. Ahora haz camino en el otro mundo y llénalo de la bondad y la alegría que te caracteriza. Te quiero mucho, mi cielo, todos te queremos mucho.

Nada más llegar a casa, Julián empezó a trazar su plan de venganza. No tenía tiempo que perder.

CAPÍTULO 37

Carlos y Alma llegan al mismo tiempo a la comisaría. Se encuentran en la puerta y pasan juntos.

—¿Has dormido bien? —pregunta Carlos para aliviar la tensión generada la noche anterior.

—¿A ti qué te importa? —se desvanecen las oportunidades de que se genere un buen clima.

—A ver..., ¿por dónde empezamos? —plantea Carlos después de respirar profundamente.

—Después de dejarte en tu coche llamé a Antonio Sagunto, de Asuntos Internos. Ha convocado esta mañana una rueda de interrogatorios a todo el personal de oficina para tratar de esclarecer este tema. Van a ver si alguien ha tenido un comportamiento irregular estos días. Si han visto algo raro... Si han dejado pasar a gente... Si han desvelado información confidencial o si conocen a alguien que recientemente les haya preguntado por nosotros. Que hayan tenido un interés especial en conocernos o contactarnos.

—De acuerdo. Y, mientras, ¿nosotros qué hacemos?

—Tienes la tarde libre. Aprovecha para quedar con tu nueva amiguita. Pero ten el móvil operativo. Si Sagunto concluye cualquier comportamiento sospechoso en algún interrogatorio, te quiero aquí en menos que canta un gallo.

CAPÍTULO 38

Carlos espera impaciente que Blanca salga de trabajar. Es profesora de primaria en un colegio concertado cercano. Su horario habitual es de 8:30 a 17:00, lunes y miércoles, y de 8:30 a 14:30, los martes, jueves y viernes. Esas tardes suele aprovecharlas para estudiar la oposición, ya que quiere probar suerte en la educación pública. Para despejarse de los estudios, le gusta salir a patinar un rato, al final de la tarde. Pero los planes de esa tarde iban a ser diferentes. Iba a sustituir el estudio por una agradable tarde con Carlos. Lo que no iba a cambiar era el ratito de patinaje sobre ruedas.

Por fin, Blanca sale de trabajar y toca al timbre de su vecino.

—Perdón, se ha retrasado una madre para recoger a su hijo y he tenido que esperar con el niño hasta que llegara. ¿Y eso que tienes la tarde libre? Esperaba que nos viéramos por la noche. Me ha alegrado la mañana ver tu mensaje.

—Luego te cuento —responde Carlos al tiempo que se abalanza sobre Blanca. La besa con pasión y la agarra de las piernas para tomarla y llevarla hasta su habitación, donde hacen el amor como auténticos animales… «Ahora somos tigres haciendo el amor…», le canta al oído.

Tras pasar un par de horas devorándose en la habitación, deciden tomar algo. Carlos no se complica. Le hace un sándwich mixto a Blanca, mientras que él se prepara unas tostas de sobrasada con miel y almendras. Mientras comen, acompañando, eso sí, con un Rueda Verdejo, vino blanco denominación de origen, planean el resto de la tarde.

—Cuando acabe con las tostas, te tomaré de postre y, después, si te apetece, podemos dar un paseo.

—Me apetecen mucho ambas cosas…, pero el paseo… no va a ser andando. Ahora pasamos por mi casa y cogemos los patines.

—¡Pero yo no he patinado en mi vida!

—Tampoco te habías acostado en tu vida conmigo y vaya si le has cogido el gusto…

—Está bien… —acepta Carlos, sonrojado, aunque manteniendo la mirada fija en los ojos de Blanca, mientras dibuja con su boca una media sonrisa pícara.

Tras tomar su particular postre, Blanca y Carlos cogen los patines para comenzar el paseo. Para Blanca, será menos fluido de lo habitual, ya que tendrá que instruir a Carlos.

—Esta clase no va a ser gratis, lo sabes, ¿no? No te creía tan torpe… —dice Blanca para picar a Carlos.

—Me daría gusto verte a ti jugando al fútbol o al pádel… A ver cómo se te da…

—Al fútbol no voy a jugar contigo… pero al pádel cuando quieras.

—Queda pendien… —Carlos intenta acabar la frase…, cosa que no consigue porque vuelve a caerse al suelo. Blanca se descojona justo a su lado, de pie, señalándolo para intensificar la humillación. Carlos aprovecha que está en el suelo para quitarse los patines y echar corriendo detrás de ella. A Blanca la pilla de improviso y no le da tiempo a coger velocidad. Carlos la agarra por detrás. Ella se gira y se funden en un abrazo.

—Venga, vamos de vuelta a casa. No me sacio de ti —sentencia Carlos.

Cuando llegan a la calle donde viven, atisban a lo lejos a una chica de espaldas tocando en su portal. Al principio, Carlos no le da importancia, pero conforme va avanzando por la calle, la silueta de la chica le resulta familiar. Cuando quedan pocos metros para llegar, la chica se gira. A Carlos le da un vuelco el corazón. Es Lara.

Ese viernes, Carlos paseaba nervioso por las calles del centro de Murcia. Había quedado con Lara en un restaurante del centro de Murcia de cocina típica murciana: Los Navarros. Era un sitio muy conocido, famoso por sus carnes y por sus tapas como el zarangollo, las patatas al ajo cabañil o los tigres, deliciosos mejillones rebozados.

El sitio era idóneo para que Carlos hiciera lo que tenía previsto: pedirle a Lara que se fueran a vivir juntos. De camino, pasó por una floristería y en el escaparate vio un esplendoroso ramo de rosas rojas. Durante unos segundos, se abstrajo del mundo y se imaginó a él mismo entregándole ese mismo ramo a Lara. Se la imaginó radiante de felicidad, confirmando su pregunta: «Sí, nos vamos a vivir juntos».

Cuando volvió al mundo real, Carlos entró y compró el ramo. Nueve rosas rojas. Según la cultura popular, representarían el amor eterno. Pero, en su caso, tenían un significado más: simbolizaban los nueve meses que estaban a punto de cumplir.

Si antes de comprar las flores, el nerviosismo se estaba apoderando de Carlos, cargar con el ramo le aceleraba, aún más si cabe, el pulso. Cada vez, aceleraba más el paso, hasta que se encontró con una feria del libro que había montada en el Paseo de Alfonso X El Sabio. A Carlos le encantaba leer, y era consciente de que a Lara también. Para intentar llegar relajado, fue parándose en todos los puestos, leyendo las portadas de casi todos

los libros, incluidos las de escritores noveles que estaban presentando su ópera prima. Fue así como dio con Verde verdad, del escritor murciano Pablo Garre. Leyendo la sinopsis, se sintió muy identificado. Pensó que a Lara le podía gustar, así que lo compró también: «Cuando vivamos juntos, lo tomaré prestado, parece muy interesante», pensó.

Tras el paseo entre libros, Carlos llegó finalmente al sitio. Eran las nueve en punto. Había llegado primero, por lo que pudo colocarse en una posición en la cual no se vieran los detalles que había adquirido.

Lara se estaba demorando. Más de media hora había pasado desde que llegó al restaurante. Estaba empezando a sentir vergüenza, por si la gente pensaba que le habían dado plantón. Nada más llegar, pidió una cerveza, Águila sin filtrar, para distender los nervios. Pero ya llevaba tres.

Al fin, con cuarenta y cinco minutos de retraso, llegó Lara. Tan preciosa como siempre. Aunque, rápidamente, Carlos advirtió que estaba más seria que de costumbre.

—*Disculpa la tardanza, Carlos. Está siendo un día muy ajetreado* —*inició la conversación Lara. Carlos se extrañó de que ella lo llamara por su nombre en lugar de por un apelativo cariñoso.*

—*Ya, no te preocupes. Me he imaginado que estabas teniendo un día duro. Siéntate* —*dijo Carlos, disimulando su molestia. Lo cierto es que como estaba tan tenso por la petición que iba a realizar, no fue consciente de que Lara lo estaba evitando por WhatsApp.*

—*A ver, es que… No me puedo quedar a cenar. He venido porque te debo mucho, muchísimo. Me has hecho pasar unos meses increíbles, pero… No puedo tener*

una relación a distancia. No quiero vivir eso. Para mí es una agonía —expresó de manera torpe Lara.

—Espera, espera, espera… ¿Cómo que a distancia? —pregunta sin entender nada Carlos.

—Me tengo que ir a Barcelona. Haces unos días me ofrecieron la posibilidad de hacer la tesis sobre enfermedades neurodegenerativas en la Universidad de Barcelona. He estado dándole muchas vueltas y es mi sueño profesional. Lo mejor…, lo mejor es que acepte —explica de manera más ordenada Lara.

—Pero… ¿por qué no me lo has dicho antes?

—Sé lo persuasivo que puedes llegar a ser, y sé lo mucho que te quiero. No quiero que me convenzas. Esta decisión necesitaba tomarla sola. Y, créeme, es lo mejor para los dos. Quizá ahora no lo veamos, pero nuestros caminos estaban destinados a separarse —razona Lara, dejando a un lado los sentimientos que tenía hacia Carlos.

—Pero… no sé, podríamos intentarlo… Podría irme contigo a Barcelona… —propuso a la desesperada Carlos.

—Sabes que eso no saldría bien… —respondió con matices de dulzura en su voz Lara.

—Eso tú no lo sabes… —contrapuso sin mucha convicción Carlos. Era consciente de que él quería avanzar, vivir con ella, y Lara le había frenado en seco.

—Adiós, Carlos —se despidió Lara. Cuando se agachó para besar en la mejilla a Carlos, vio el ramo de rosas y el libro. Fue entonces cuando derramó varias lágrimas.

—Estoy segura de que pronto encontrarás a alguien que pueda corresponderte mejor que yo.

CAPÍTULO 39

A Carlos se le cae el mundo encima. No es capaz de articular palabra. Ha entrado en un bucle en el que solo se pregunta qué hace Lara ahí.

—Hola, Carlos —saluda Lara.

Carlos sigue sin contestar. Blanca lo mira desconcertada.

—Hola. Yo soy Blanca. ¿Os conocéis? —pregunta extrañada.

—Sí. Ella… Lara…, estuvimos saliendo un tiempo —acaba por decir Carlos.

—Sé que no hice las cosas bien. Pero no vengo para hablar de lo nuestro. Bueno, de lo que tuvimos… En fin…, da igual.

—¿Por qué vienes entonces?

—Juan García Belmonte. Era mi director de tesis. Sé que estás investigando su caso… Me lo dijo su mujer.

—Bueno…, veo que tenéis mucho de qué hablar… Os dejo solos —recita Blanca.

—No, Blanca. Prefiero que estés. No quiero estar a solas con ella. Lo que tenga que contar, seguro que tú lo puedes escuchar. ¿No es así?

—No es nada confidencial…, pero sí os puede venir bien para el caso.

Lara, Blanca y Carlos acceden al piso de este último. Rápidamente toman asiento en el sofá. Blanca se levanta y acude al frigorífico para servir refrescos para los tres.

—Bueno, cuenta por lo que estás aquí —ordena Carlos, con tono antipático.

—Como te decía, Juan era mi director de tesis sobre la esclerosis lateral amiotrófica. Él volvió de Barcelona para asumir un puesto de gestión en el IDISERN. Durante un tiempo tuvimos contacto por videollamada. Yo tenía que seguir haciendo experimentos en Barcelona. Cuando los acabé, me mudé a Murcia para redactar la tesis desde aquí. Yo prefería seguir resolviendo dudas y haciendo tutorías por videollamada, pero Juan me insistía una y otra vez en que nos viéramos en su casa. Yo, por supuesto, me negué. Me daba vergüenza ir allí. Finalmente, me ofreció ir a su despacho del IDISERN y accedí. Cuando llegué, me encontré que no había nadie en el IDISERN. Eran las siete de la tarde, pero yo, inocente, pensaba que la gente seguiría trabajando. Tenía un despacho bastante grande y lujoso. El puesto que desempeñaba era el de director de los nuevos tratamientos experimentales que se iban a llevar a cabo con los pacientes asociados al IDISERN.

—Ya que conoces a Juan de mucho tiempo, ¿sabes si consumía cocaína? Ni siquiera su mujer era consciente.

—Pobre mujer... Juan era un «pieza» bueno. Ella no tenía ni idea de nada. Piensa que es la viuda de un santo. Juan, ese día, intentó abusar de mí. Pude escaparme. Salí corriendo de ahí y lo siguiente que supe de él es que estaba muerto. Su mujer me ha contado cómo lo encontraron. En un arcón congelado. Hace tiempo hubo un reto, el *Ice Bucket Challenge*. Una campaña para dar visibilidad a los enfermos de ELA, esclerosis lateral amiotrófica. Creo que hay algo de justicia poética en la escenificación de la muerte. El asesino tiene que ser alguien relacionado con la enfermedad.

Justo a Carlos le suena el teléfono. Es Alma.

—Carlos, Sagunto ha terminado ya con los interrogatorios. No tenemos nada.

—Ven rápida a mi casa. Porque yo creo que sí.

4 MESES ANTES

Desde el día que se reunieron, imprudentemente, en las oficinas del IDISERN, Julián ha estudiado todas las rutinas de sus futuras víctimas. Los seguía a sus casas, a sus trabajos, conocía sus aficiones... Sabía perfectamente cuál era el momento idóneo para abordarlos. Para secuestrarlos. Para matarlos. En definitiva, para vengarse.

En su cabeza, el plan está finamente diseñado. Solo queda un último fleco para ponerse manos a la obra. Darle un toque maestro que catapulte el caso a todos los medios. Que tenga gran repercusión. Que genere conciencia en la sociedad. Que ponga a las enfermedades raras y neurodegenerativas en la palestra, en primera línea, en los principales titulares.

Y ese toque maestro no era otro que jugar con la policía.

CAPÍTULO 40

Tocan al timbre. Blanca se levanta a abrir. Es Alma.

—¿Tú eres Lara? —pregunta de manera tajante y, por qué no decirlo, con cara de asco Alma.

—No. Soy Blanca, la vecina de Carlos.

—Ah, sí, claro... la vecina —continúa con el mismo tono Alma.

—Bueno, será mejor que me vaya, te dejo en buena compañía... —se despide con ironía Blanca.

—¡Blanca, espera! —grita inútilmente Carlos, ya que al unísono se escucha un portazo.

—Tan agradable como siempre... —le recrimina Carlos a Alma.

—Tú debes ser Lara entonces, ¿no? —pregunta, ignorando por completo a Carlos.

—Sí, soy yo, encantada... —responde Lara, dando pie a que la inspectora se presente.

—Yo soy la inspectora Garrido. Pero me puedes llamar Alma. Bien, al grano, que no son horas. ¿Qué tenemos?

—A ver, recapitulando. El asesino contactó con nosotros antes del primer asesinato, que fue Juan, el cual era director de tesis de Lara —comienza a hablar Carlos.

—Imagino que ha tenido que ser duro para ti su pérdida —intenta ser cordial Alma con Lara.

—Sí, bueno. Es una putada a nivel académico, pero ese cabrón... intentó abusar de mí y estaba enganchado a la cocaína.

—Así que Juan era un cabrón. No debería decirlo, pero si intentó abusar de ti, lo habría intentado con otras antes... Así que está bien donde está ahora. Esa pobre mujer… que piensa que ha convivido con un santo —opina Alma.

—Así es. Continuemos. La segunda víctima fue Daniel Sáez. No consume drogas, por lo que la relación entre Juan y Daniel no es esa, aunque lo planteamos en un primer momento. La vivienda en la que apareció Juan era propiedad de Daniel. No sabíamos cuál era la conexión, pero parece que es el IDISERN —explica Carlos, sobre todo para poner en contexto a Lara.

—Así es. Juan aparece muerto en un piso propiedad de Daniel, y poco después Daniel aparece muerto en la asesoría de Javier. Javier podría ser verdugo o víctima en toda esta historia —continúa Alma.

—Sí, pero fuimos a verlo y la verdad que está destrozado por la pérdida de Daniel —apunta Carlos.

—Ahora entra en juego Eladio. Tercera víctima. Cuando estábamos investigando la muerte de Daniel, nos llegó un SMS que nos llevó hasta la casa de Eladio, que apareció muerto. Resultó ser que Javier era abogado de Eladio. Que le estaba llevando el divorcio, además de llevar algún asunto más en el IDISERN. Y me da que resolver este caso pasa por averiguar ese asunto en el que trabajaba Javier. Tenemos que volver a hablar con él, insistirle. Porque puede estar en peligro —concluye Alma.

—¿Puedo hacer una pregunta? —interviene Lara.

—Claro —dicen al unísono Alma y Carlos.

—¿Cómo murieron Daniel y Eladio?

—Verás. El cuerpo de Daniel fue encontrado con la cara totalmente desfigurada, a causa de numerosos cortes con cristales. Tenía, además, cristales clavados en las extremidades —describe Carlos.

—Sí, había cristales por toda la escena del crimen —añade Alma.

—Osteogénesis imperfecta —apunta Lara.

—¿Cómo? —pregunta Carlos, como si no entendiera qué quiere decir.

—La enfermedad de los huesos de cristal. Otra enfermedad rara. La escena representa esta enfermedad. Al igual que la de Juan representa la esclerosis lateral amiotrófica —desarrolla Lara.

—Dos enfermedades que se investigan en el IDISERN —susurra para sí Alma.

—¿Eladio cómo murió? —sigue preguntando Lara, con curiosidad científica.

—En su casa. Pero, curiosamente, dentro de una especie de burbuja —explica Carlos.

—Los niños burbuja —cae en la cuenta Alma, adelantándose a Lara.

—Sí. El nombre técnico es inmunodeficiencia combinada severa —concreta Lara.

—Está claro que la clave está en el *IDISERN*. Algo pasa con los pacientes así. O con los tratamientos. Javier tiene que saber algo, tenemos que volver a hablar con él —sentencia Carlos.

Mientras habla, suena el móvil de Alma. La llamada procede de la comisaría.

—Mi nombre es Mireia. Mireia González. Soy limpiadora en la comisaría donde trabaja. Me he enterado de que esta mañana ha habido una ronda de interrogatorios. Como estoy en el turno de noches… no sabía nada. Pero necesito hablar urgentemente con usted.

—Espérenos en la comisaría. Llegamos enseguida.

Tras estar un mes estudiando los horarios de las personas que visitaban la comisaría recurrentemente, Julián encontró su gancho.

Mireia González, una de las limpiadoras. Solía trabajar de noche. De hecho, a las diez menos cuarto se tomaba un cigarro en la puerta, justo antes de empezar su turno. Repetía su rutina a las dos y cuarto de la mañana, cuando acababa su turno, ya que estaba contratada media jornada.

Julián estaba ansioso, por lo que necesitaba ganarse su confianza, seducirla, rápidamente. Contrató a un tipo para que fingiera que atracaba a Mireia a la salida de la comisaría. Y así lo hizo. Acto seguido, él apareció, persiguió al atracador y recuperó sus pertenencias.

Mireia, una mujer soltera, ingenua y con muchas ganas de mantener una agradable conversación y disfrutar de compañía (que fuera buena era lo de menos), accedió a que Julián le acompañara al coche. Este aprovechó para coquetear con ella e invitarla a cenar al día siguiente.

CAPÍTULO 41

—Señora González, somos todo oídos —inicia la conversación Carlos.

—En cuanto mi compañera Águeda me ha contado lo de las rondas de interrogatorios para saber si alguien podía haber conseguido información de la comisaría y de ustedes, me ha hecho un *click* en la cabeza. Sabía que ese tipo estaba jugando conmigo. El muy cabrón.

—Expláyese, Mireia —le dice Alma, con algo más de confianza que Carlos.

—Una noche, mientras fumaba, un hombre intentó atracarme, pero Jaime, un apuesto hombre al cual yo no conocía de nada, apareció de la nada y echó a correr detrás del ladrón. Lo capturó y me devolvió mis pertenencias. Después, me acompañó al coche y, bueno, era muy atento y atractivo. Yo estoy muy sola… El caso es que empezamos a quedar. Todo iba sobre ruedas. Un mes perfecto. Hasta que hace unas semanas, sucedió lo que siempre me sucede.

—¿Qué le sucede siempre, Mireia? —indaga con curiosidad Alma.

—Que me dejan sin explicación. Me echan un polvo y adiós, muy buenas. Aunque he de reconocer que esto fue más cruel aún si cabe.

—¿Por qué? —se interesa Carlos.

—¡Porque ni siquiera me echó el polvo! El muy gilipollas me convenció para venir a la comisaría. Le daba morbo follar aquí. Y cuando me tenía a su entera disposición sobre la mesa, me subió los pantalones y se fue. Sin decir nada. Y sin terminar lo que había empezado.

155

—Es consciente de que lo que nos está contando puede costarle el puesto de trabajo, ¿verdad?

—Sí. Lo sé. Pero es mi deber colaborar. Espero que, a pesar de mi negligencia, tengan en cuenta que he colaborado, por favor. Necesito trabajar. Necesito su piedad.

—Tendremos en cuenta que ha colaborado —confirma Carlos.

—Sí. ¿Podría facilitarnos el nombre y el contacto de Jaime, por favor?

—Sí, claro. Jaime Dólera. El teléfono es 745328909.

Carlos procede a llamar, pero nadie contesta. El número al que llama no existe.

—¿Qué es lo último que habló con él? —trata de averiguar Alma.

—La última vez que nos vimos fue en persona. Esa noche. Yo le escribí para pedirle explicaciones, pero no recibí respuesta.

—Mireia, creemos que ese tal Jaime con el que ha estado quedando es el autor de los asesinatos. Lo mejor será que la acompañemos a casa.

Julián estuvo dedicando un par de horas al día para conquistar a Mireia. Cenaban juntos antes de que ella entrara al trabajo. Se volvía a casa, y a las dos menos cinco, la esperaba a la salida.

Tras un mes haciendo esa rutina, Julián la recibió con un apasionado beso. Le metió mano y le susurró que le daba mucho morbo hacerlo en la comisaría.

Mireia, al principio, era reticente. Después, pensó en todo el tiempo que llevaba sin darle una alegría a su cuerpo y se dejó llevar por el calentón.

Julián y Mireia se iban devorando mientras avanzaban por los pasillos de la comisaría. Fue entonces cuando entraron en el despacho de una tal inspectora Alma Garrido. Julián empujó a Mireia contra la mesa con pasión. La giró bocabajo y procedió a bajarle los pantalones. A pesar de todos los besos que se habían dado, Julián era incapaz de sentir nada, ni siquiera experimentó una erección. Él estaba ahí por otra cosa. Y la consiguió. Sobre la mesa había una ficha con la foto del nuevo inspector, cuyo traslado estaba a punto de hacerse efectivo. Recién ascendido, el inspector Carlos Valverde llegaría a la comisaría de Murcia para formar equipo con la experimentada inspectora Alma Garrido. Memorizó sus números de teléfono, subió los pantalones de Mireia, y se marchó de allí, dejándola con las ganas.

CAPÍTULO 42

Alma y Carlos llegan a la casa de Mireia. Esta última baja del coche y se dirige a su casa. Entra. Tras unos minutos esperando, Carlos y Alma no ven nada raro. Proceden a marcharse cuando Alma, de repente, atisba una sombra alejarse de la casa.

—¡Eh! ¿Quién anda ahí? —grita Alma.

El hombre escucha la alerta y comienza a huir a gran velocidad. Alma echa a correr detrás de él. Carlos, por supuesto, también. El sospechoso está en forma, pero la pareja de inspectores también. La brecha de distancia cada vez es menor. Pero instantes antes de tenerlo a tiro, de poder darle caza, Alma se resbaló, cayó al suelo y perdió la conciencia.

Carlos no dudó qué hacer. Abortó la persecución. Dejó al asesino escapar para atender a su compañera. Le puso la cabeza de lado para que no se tragara la lengua y trataba de despertarla.

—¡Por favor, Alma! ¡Aguanta! ¡No me dejes ahora! ¡Despierta!

Rápidamente, sacó su móvil y llamó a una ambulancia.

Cuando colgó, Carlos se quedó unos segundos mirando la pantalla de su móvil. Le había llegado un SMS. Sintió el teléfono de Alma vibrar también. La ubicación que habían recibido esta vez era a pocos metros de donde se encontraban: la casa de Mireia.

CAPÍTULO 43

Al fin llega la ambulancia. Alma es trasladada al hospital. Carlos está muy preocupado por el estado de salud de su compañera, pero, tras recibir el mensaje, decide volver a la casa. No sabe si Mireia está con vida. Si ese psicópata le ha hecho algo antes de escabullirse.

Cuando llega, se encuentra a Mireia, llorando en el suelo totalmente en estado de *shock*. Paralizada. No sabe qué hacer. No puede actuar.

La escena, por cuarta vez, es escalofriante. Pero lo más escalofriante de todo es que la víctima es Javier Vizcaíno. Se cierra el círculo. El eslabón que unía a las cuatro víctimas acaba de fallecer. Y no ha sido capaz de salvarlo. La culpa inunda a Carlos, que se siente responsable de no haber protegido a Javier. Está destrozado porque ahora ve todas las piezas del tablero en su cabeza. Cree que tenían que haberlo protegido a pesar de que no entendieran la jugada.

Javier aparece en el suelo con una mano quemada sobre una sartén. La otra mano está cubierta de clavos, mientras que ambas piernas se encuentran totalmente aplastadas por numerosos ladrillos y escombros. Carlos rápidamente llama a Lara y le describe la escena. Esta le confirma que se trata de otra enfermedad rara: insensibilidad congénita al dolor. Las personas que la sufren no son capaces de sentir dolor porque carecen de una correcta funcionalidad de los sistemas que el cuerpo tiene para detectar calor o presión.

En cuanto llega la Científica, Carlos coge el coche en el que han venido y pone rumbo al hospital. Para él, lo más importante es el estado de salud de Alma.

CAPÍTULO 44

Me encuentro tumbada en un diván con una luz cegadora proyectándose sobre mi pálida cara.

—Disculpa, cambio la dirección del foco, que te debe estar cegando —me comentó una voz que, según mis oídos, provenía de la izquierda.

Cuando al fin recupero mi sentido de la vista, reconozco la silueta de un hombre. Tras echar un vistazo periférico y analizar la habitación en la que me encuentro, deduzco que estoy en la consulta de un psicólogo.

—Bueno, Alma, comencemos con la terapia. En primer lugar, me gustaría conocerte mejor. Por lo que te voy a pedir un ejercicio de memoria. Quiero descubrirte a través de tus recuerdos —me dijo.

Me encontraba un poco desconcertada. No había visto a ese señor en mi vida, pero, por alguna extraña razón, confiaba en él.

—Intenta remontarte al primer recuerdo que tengas —me sugirió. Tras unos segundos de duda, comencé a hablar.

—Es de un cumpleaños.

—¿Cuántos cumplías?

—Cuatro años. Estaba toda la familia en la casa de campo que tenían mis abuelos cuando yo era pequeña. Al cerrar los ojos, me veo jugando con mis primos al balón prisionero. Ellos eran mayores y aprovechaban su condición hasta hacerme llorar. Ahora, esas lágrimas ya no son de rabia, sino de nostalgia por recordar esto. No sabía que era feliz. En estos años, falta mucha gente de la que estaba aquel día. Mientras lloraba, pensaba en que quería ser mayor. Quería ser feliz. Ser yo quien manejara la situación. Aho-

163

ra, he crecido, y sigo queriendo lo mismo, ser feliz. Pero siento que, para conseguirlo, tendría que volver a ser pequeña.

—Interesante reflexión, Alma. Se me ha ocurrido una idea. Vamos a ir accediendo a tus recuerdos usando los días de tu cumpleaños que recuerdes como paradas en este viaje que vamos a emprender.

—Me parece bien.

—Te pido que seas espontánea pero ordenada. ¿Cuál es el siguiente?

—Mi decimosegundo cumpleaños. Lo recuerdo porque era el primero que pasaba lejos de mi familia. Con doce años, era una promesa del tenis. Esa semana, estaba disputando un torneo de cierto prestigio en Madrid. Me sentía muy sola. La única persona conocida que veía era a mi entrenadora, y en semanas de torneo era distante y estricta. Seguía la rutina de siempre antes de los partidos. Después, entraba en la pista y, como si fuera la tarea más sencilla del mundo, ganaba el partido. Ganar se convirtió en una obligación y ya no disfrutaba. Con tan solo doce años, siendo una niña, no disfrutaba. Cada vez, la presión era mayor. Empecé a caer en la cuenta de que lo difícil, realmente, no era llegar a la cima, sino mantenerse. No hacer un partido perfecto era considerado como un fracaso. En la élite, no hay margen de error.

—Veo que muchas frustraciones pueden venir por esa parte de tu vida…

—Sin duda, tuve que hacer muchos sacrificios.

—¿Como cuáles?

—Viene al caso que te cuente mi decimoquinto cumpleaños. Fue bastante triste. Ese día me mudaba a Valencia con un entrenador nuevo que, según amigos de mis padres, me terminaría de convertir en una tenista profesional solvente. Lo cierto es que estaba ilusionada con mi nueva etapa, pero me tuve que despedir de él.

—¿Quién era él?

164

—Darío. Mi primer novio. Recuerdo abrazarle con todas mis fuerzas en aquella estación de tren. Después, metí en mis maletas todos los recuerdos que tenía con él y me marché. Cuando anocheció, yo seguía en mi asiento. Quiero pensar que ambos miramos simultáneamente por la ventanilla. La distancia no nos podía privar de disfrutar de la misma luna.

—¿Y tienes más recuerdos con Darío?

—Sí, curiosamente todos tristes.

—Explícate.

—Tan solo un año después, el día que cumplí los dieciséis, también fue complicado. Darío y yo éramos dos personas con mucho carácter. Muy intensos. Pura chispa. Puro fuego. Hasta que ocurrió la explosión. Y, tras la onda expansiva, jamás nos volvimos a encontrar. Nuestra relación fue pura magia. En todos los sentidos. No creía que pudiera experimentar lo que me hizo sentir. Pero fue un espejismo, una ilusión. Desapareció sin despedirse. Hasta ese momento, tenía una percepción de mí misma como si fuese un personaje plano. Siempre era buena, siempre era la víctima. Me creía perfecta a causa de que me exigían que lo fuera. Ese día, cuando lo vi por última vez, me di cuenta de que era un personaje poliédrico y que con mis actos y reacciones podía hacer daño a los demás. Podía haberle hecho daño a Darío. Y eso, aún hoy, me pesa en la conciencia como una losa.

—Vaya… ¿Cómo te fue en los siguientes cumpleaños sin él?

—En mi decimoséptimo cumpleaños viví una montaña rusa. Por la mañana me acordé de él y me quería morir. Además, perdí en semifinales en el torneo de Barcelona. Me sentía mediocre. Pensé en todo lo que había perdido… Darío, el torneo… Pero por la noche salí de fiesta y me emborraché. Me sentía exultante. Había recuperado las ganas de vivir. Comencé a pensar en todo lo que había conseguido. Me sentía en la cima del mundo.

—Para que veas cómo afecta el alcohol en nuestra vida. Nos distorsiona la realidad.

—Exacto.

—¿Y cómo fue tu decimoctavo cumpleaños? Seguro que fue especial.

—Ojalá. Comencé mi cumpleaños sola. No recordaba la voz de Darío. Ni su risa. Ni su olor. Ni su forma de mirar. Ni sus manías. Ni siquiera su manera de caminar..., pero esa noche me desvelé pensando en él. Además, desde que se fue, mi proyección en el tenis estaba cayendo en picado. Era mi estabilidad, incluso mi inspiración. Cuando se marchó, se lo llevó todo. Por la tarde, pasé por la puerta de una floristería, donde le compré unas rosas negras con el primer dinero que le saqué al tenis. A continuación, me descargué Tinder y terminé la noche acostándome con un chico que se parecía mucho a él.

—¿Volviste a tener contacto con ese chico?

—No, jamás volví a verle. De hecho, pasé una fuerte crisis y me aislé de mucha gente. Dejé el tenis y comencé a estudiar Criminología.

—¿Así es como pasaste el siguiente cumpleaños que recuerdas?

—Sí, mi vigesimosegundo cumpleaños lo pasé estudiando. Estaba bastante decepcionada con la sociedad. Me limitaba a estudiar con el objetivo de ser inspectora de policía. Todo mi futuro estaba enfocado a mi carrera como tenista y cuando rompí con todo, trasladé mis severas rutinas al ámbito estudiantil. Reflejo de ese pesimismo que sentía fue mi forma de actuar ese día. Bajé la tapa del portátil y enchufé la televisión para tomarme un descanso. Estaban emitiendo el telediario. No tardé ni quince segundos en apagar el televisor y seguir tecleando. Detestaba la realidad en la que estaba viviendo. Necesitaba contribuir para mejorar el mundo.

—¿Y cuánto tiempo estuviste en ese estado pesimista?

—Hasta el día que cumplí veinticuatro. Fue el día que conocí a David. Entre Darío y David, experimenté una relación extraña con Álvaro. Fue mi psicólogo suplente. Luego un amigo especial... Y lo cierto es que me dejó muy marcada. Pero David fue como un soplo de aire fresco en mi vida. Era un hombre apuesto. Alto, moreno, con unos enormes ojos verdes que me sedujeron desde la primera mirada. Reuní el valor suficiente para acercarme a saludarle. Fui bastante descarada, la verdad. Llevaba años pensando que no tenía nada que perder, pero, hasta ese momento, tampoco pensaba que tuviera nada que ganar. Le dije que, si me lo permitía, le haría feliz el resto de su vida.

—¿Y qué ocurrió después?

—La conversación se convirtió en una cita y fue el cumpleaños más feliz de los que he recordado.

—¿El siguiente también fue con David presente?

—Así es. Tuvimos una conversación enfocada al futuro. Fue la primera vez en un año que vi que mi futuro con David se podía tambalear.

—¿De qué hablasteis?

—De hijos. Yo quería tener y él no. Aun así, pensé que éramos jóvenes y cualquiera de nosotros podría cambiar de opinión.

—¿Y eso pasó?

—No.

—¿Entonces?

—El día que cumplí veintinueve lo pasé trabajando. En cierto modo, me sentía atrapada en mi rutina. Salía de casa temprano y trabajaba cerca de diez horas diarias ya como policía. Cuando llegué a casa, estaba David, tan risueño como siempre. Pero sentí un vacío. Sentí que, en algún momento de mi vida, querría volver del trabajo y que me recibieran unos monigotes pequeños cantándome el cumpleaños feliz.

—¿La relación acabó ese día?

—Sí.

—Imagino que fue duro...

—Lo fue. De hecho, el día de mi trigésimo cumpleaños, me acordé de él. Había pasado un año y aún no lo había superado.

Pasé por delante de una tienda y sonó mi canción favorita. Siempre he sido muy melómana. Cada día, busco una nueva canción que legitime el amor platónico con David, que me cure el desamor, que su estribillo me deje atónita, que me ayude a encontrar el valor, dentro de mí, aunque suene irónico, para afrontar los retos del mundo exterior. Tras escuchar esos acordes, me transporté al momento en el que recogió sus cosas y salió por la puerta. Sentí como se me apagaba el alma. Sentí que mi vida se acaba ahí.

—Por suerte, eso no sucedió. Dentro de una vida hay espacio para muchas más. Seguro que, tras un periodo de luto aún más largo, te sobrepusiste. El tiempo todo lo cura.

—Acabé rehaciendo mi vida. Pero no fue fácil. No me apetecía viajar, ni ir al cine, ni a la playa. Él firmaba todos mis recuerdos felices. De hecho, la felicidad del pasado estaba siendo mi tormento del presente.

—¿Y cómo saliste del bucle?

—Un clavo saca otro clavo, dicen…

—El siguiente recuerdo que tiene de su cumpleaños, ¿es con otro chico?

—Sí. Mi trigésimo segundo cumpleaños. Con Luis. Llevaba poco tiempo con él. Fue un parche. Una tirita para mi maltrecho corazón. Pero éramos pareja, y las grandes ocasiones había que celebrarlas. Fuimos a un restaurante a cenar. Todo iba sobre ruedas hasta que él fue al baño y se encontró con su ex. Desde mi posición, vi el *feeling* que tenían. Era evidente. Saltaban chispas. Me sentí como una intrusa. Como si el tiempo que llevaba con Luis hubiera sido prestado.

—¿Y la relación se prolongó mucho más en el tiempo?

—Sí. Yo tenía miedo a estar sola, así que continué con él.

—¿Tu siguiente cumpleaños lo pasaste con Luis?

—No. Estaba llevando un caso en Canarias. Coincidió con mi cumpleaños número treinta y tres. Estaba varios meses liada con mi compañero de trabajo: Noel. Se enamoró de mí, pero yo no.

No obstante, esa noche nos acostamos. Me preguntó que cuándo dejaría a Luis. Le dije que al volver del viaje. Pero no lo dejaría por él, sino porque seguía enamorada de David. Se lo dije, y allí se acabó la relación con Noel. De hecho, pidió el traslado.

—¿Acabaste dejando a Luis finalmente?

—Sí. Al cumpleaños siguiente. Lo pillé con su ex en nuestra cama. Lejos de enfadarme, para mí fue un alivio.

—Parece difícil de creer.

—Yo no quería a Luis. Simplemente estaba cómoda.

—Entiendo…

—Yo seguía hasta las trancas por David. Cuando cumplí los treinta y siete, estaba sola. Así que decidí dar una vuelta por el parque. Me sentía nostálgica. Taciturna. Apagada. Seguramente era la única persona del lugar que se encontraba sola. Cuando alcé la vista, vi a una amiga del pasado con su exnovio. Habían vuelto. Me pasé el resto del día preguntándome cómo lo habrían hecho. Anhelaba estar con David y quería saber el truco para reiniciar mi vida con él.

—¿Intentaste recuperarle?

—Sí. No estaba preparada para que me rechazara, pero me arriesgué. Creía firmemente en que él, con los años, ya querría tener hijos. En realidad, era en lo único en lo que no éramos compatibles.

—¿Y…?

—Pues la gente no cambia. Al menos no lo hace en cosas tan importantes. Sigue siendo igual que cuando lo conocí. Incluso más inmaduro… La crisis de los cuarenta.

—¿Y cómo estás ahora?

—Lo cierto es que muy bien. Quizá hasta ilusionada. Conocer a Carlos me ha devuelto las ganas de vivir.

—¿Ha sido conocer a Carlos lo que te ha devuelto las ganas?

—Bueno, en realidad es la posibilidad de tener un hijo. Creo que estoy embarazada. Y puede ser de él.

La luz se apagó de repente. Todo se embadurnó de la más absoluta oscuridad y la voz del psicólogo no volvió a pronunciarse. Tras unos minutos de absoluto silencio, empecé a escuchar voces en la habitación. Allí estaban Carlos y Lara. En ese momento, Lara sonríe y sale de la habitación. Nos deja intimidad. Carlos, entonces, me explica que, durante la persecución, caí y me golpeé la cabeza. Perdí el conocimiento y una ambulancia me trasladó al hospital. Fue entonces cuando saqué fuerzas de donde no las tenía para hablar y pronunciar las siguientes palabras:

—He soñado que estoy embarazada y que tú eras el padre. Creo que puede ser verdad.

Carlos se quedó pálido, no podía creer lo que le acababa de decir. No era capaz de articular palabra.

Por suerte, Lara entró:

—¡Rápido! ¡Poned la tele!

ESE MISMO DÍA

Julián acaba de dejar todos los paquetes que ha preparado en la oficina de Correos. Está nervioso. Pero no es un nerviosismo malo, no. Es el nerviosismo que se experimenta previamente a graduarse de la carrera, o antes de jugar la final de un importante torneo. Gusanillo. Quiere que todo salga según lo ha planeado. Ha dedicado muchas horas. Ha llegado demasiado lejos. Ya solo queda ejecutar el golpe maestro. Culminar su obra haciéndola mediática.

Los destinatarios son los directores de los principales periódicos, cadenas de televisión y radio del país. Todos recibirán un paquete con un pendrive donde aparecerá toda la investigación de Julián. Donde se descubrirá toda la trama de corrupción que las víctimas han llevado a cabo. Todos, menos uno.

Tras salir de la oficina de Correos, Julián, con total tranquilidad, se dirige a la puerta de la comisaría. Solo queda esperar a que todo salga a la luz. Que toda la información de los pendrives se libere supondrá que él pierda su libertad física. Pero alcanzará, por fin, el único propósito que le quedaba en la vida.

CAPÍTULO 45

La noticia que abre todos los telediarios del viernes, 20 de septiembre de 2024, no es otra que la muerte de Leandro Pardeza Lidón, director del periódico *La Nación*. Hijo del mítico titán de la comunicación Leandro Pardeza Gutiérrez. Ha fallecido a causa de recibir en su despacho un paquete que contenía ántrax. Ha muerto asfixiado. Como el resto de las víctimas que Alma y Carlos han investigado los últimos días.

Pero ahí no acaba el asunto. El resto de los medios importantes, tanto televisiones como radios o periódicos, han recibido el mismo paquete, solo que, en el interior, en lugar de haber ántrax, había un *pendrive* donde se aclaran todas las dudas que Alma y Carlos habían tenido sobre el caso que tantos quebraderos de cabeza les ha dado.

El USB contiene un vídeo del asesino de Juan, Daniel, Eladio, Javier y Leandro, en el que aparece Julián Martín explicando por qué lo ha hecho:

—Buenos días a todos. Mi nombre es Julián Martín y vengo a sacar la verdad a la luz. Siento que tengan que amanecer con la noticia de que Leandro Pardeza Lidón haya muerto. Pero es lo único que merecía ese hijo de puta consentido. Ha muerto porque, cuando íbamos al instituto, trató de abusar de la que fue mi mujer años más tarde. Le propiné una paliza que me costó la expulsión del centro, porque había agredido al hijo de un gran magnate. Pero lo que no trascendió era que el hijo de ese gran empresario era un potencial violador. Por suerte para todos, ahora ha trascendido, y Leandro no va a abusar de nadie más. Estoy seguro de que este discurso dará la oportunidad a que muchas mujeres cuenten sus testimonios. Cuenten todo lo malo por lo que les ha hecho pasar Leandro.

»Pero Leandro no ha sido el único que ha fallecido últimamente, no. Hay más hijos de puta que han pasado a mejor vida. Que han dejado de formar parte de esta sociedad por méritos propios.

»Verán, mi mujer, Miranda, fue diagnosticada de ELA. Esclerosis lateral amiotrófica. Ya a la desesperada, contactamos con el IDISERN. Nos prometieron que allí sería tratada como se merecía y que harían todo lo posible para curar su enfermedad. Junto con mi esposa, había otras personas tratándose en el IDISERN también. Me acuerdo especialmente de Iker, Celeste y Diana.

»Iker, de ocho años, padecía osteoporosis imperfecta. La enfermedad de los huesos de cristal.

»Celeste tenía tres años. Nació sin defensas. Inmunodeficiencia combinada severa. Era una niña burbuja. Su sistema inmunológico que no funcionaba.

»Diana era la mayor de los tres. Doce años recién cumplidos. Presentaba insensibilidad congénita al dolor. No mostraba reacción de huida ante estímulos dolorosos, lo cual le provocaba quemaduras, lesiones graves de huesos por fracturas no percibidas e incluso úlceras en la piel por roce o contacto continuo con superficies abrasivas.

»Estas cuatro maravillosas personas que os menciono tienen en común que entraron en un programa de tratamientos experimentales que resultó ser una farsa. Todo el dinero que el IDISERN estaba recaudando para, en teoría, estos tratamientos fue transferido a cuentas en Suiza. Usaron la enfermedad y la esperanza de muchos pacientes. Usaron la buena voluntad de muchos altruistas que donaban dinero para esta causa en su propio beneficio. Pero no quiero generalizar. En el IDISERN hay gente maravillosa. Quiero hacer mención especial a Amelia, la psicóloga. Diego, el nutricionista. Armando, el logopeda. Y, por supuesto, Susana y Emilio, los fisioterapeutas. Pero ahora voy a centrarme en la gente responsable de todo este despropósito.

»Juan García Belmonte, persona que supuestamente dirigía los tratamientos experimentales y que era la persona que decidía cuándo se cancelaban los tratamientos y los paliativos. Un profesor de universidad drogadicto y que, además, intentaba abusar de sus alumnas. Su muerte me sirve para dar visibilidad a la ELA. Daniel Sáez Durán. Un auténtico pringado. Una persona maleable, sin propósito en la vida. Solo disfrutaba con sus maquetitas. Pero que ejercía de contable en toda esta trama. Era el encargado de llevar el dinero a Suiza sin levantar sospecha.

»Eladio Marquina Aranda. Director y cara visible del IDISERN. Sociópata de manual. Fue la persona con la que contacté para que Miranda comenzara con el tratamiento. Una persona que consigue casi todo lo que quiere. Le puso los cuernos a su mujer con la secretaria. Es el cerebro de esta operación. El que reclutó a Juan y a Javier, del que voy a hablar ahora.

»Javier Vizcaíno Ayala. Abogado y jefe de Daniel. Otro pedazo de cabrón. Era un frustrado porque estaba enamorado de la mujer de Eladio. De hecho, él fue quien le contó lo de los cuernos a Bibiana, la mujer en cuestión. Pero Bibiana y Javier tenían un plan. Quitarle todo el dinero a Eladio, desplumarlo. El rastrero de Javier iba a llevar la defensa del divorcio de Eladio para joderlo vivo en el último momento.

»En una carpeta del *pendrive* están las fotos de las escenas. Con lo morbosos que son los medios, harán hasta un documental sobre esto. Pero procedo a describirlas:

»Juan murió para dar visibilidad a la esclerosis lateral amiotrófica. Su cuerpo se encontró en un arcón congelado, haciendo referencia al reto que se hizo viral hace unos años: *Ice Bucket Challenge*. La enfermedad de mi mujer, Miranda.

»Daniel murió para dar visibilidad a la osteogénesis imperfecta. La enfermedad de los huesos de cristal. Su cuerpo se encontró con cristales clavados en las extremidades. La enfermedad de Iker.

»Eladio murió dentro de una burbuja en su casa para dar visibilidad a la inmunodeficiencia congénita severa. Conocida también por la enfermedad de los niños burbuja. La enfermedad de Celeste.

»Javier murió para dar visibilidad a la insensibilidad congénita al dolor. Su cuerpo fue encontrado con una mano quemada, otra llena de clavos y las extremidades inferiores aplastadas por escombro.

»Por último, Leandro murió para dar visibilidad a todas las víctimas de violencia de género.

»En los *pendrives* aparece también toda la información referente a las cuentas y desfalcos que han hecho estos cuatro impresentables. Me encargué personalmente de descifrar sus portátiles y discos duros. Lo he resumido todo en un documento con referencias a todos los archivos también presentes en dichos USB.

»A continuación, quiero pedir disculpas a los inspectores Alma Garrido y Carlos Valverde, pero, sobre todo, a Mireia González, por haberlos utilizado para aumentar la magnitud del caso. Mireia, como acabas de descubrir, no me llamo Jaime. Aunque lo cierto es que, sin ustedes, esto no habría sido igual de impactante.

»Y sin más dilación, me dirijo al resto de la ciudadanía. Podéis estar tranquilos. Cinco criminales han desaparecido de vuestras calles. Y el sexto, que soy yo, acaba de entregarse a la policía. Pasaré el resto de mi vida entre rejas, pero con la conciencia tranquila de haber vengado a la persona más importante de mi vida, Miranda, mi mujer.

Epílogo (tres años después)

Han pasado tres años. Alma juega con su hijo, Mateo, en el parque. De repente, alguien le tapa los ojos con ternura por detrás. Es el padre del niño. David, que acude con su joven y encantadora novia, Sheila. Aunque ya no están juntos, se llevan bien. Ella ha cumplido su sueño de ser madre. A pesar de que la mitad de los genes de Mateo son de David, Alma aceptó el rol de madre soltera, y lo está disfrutando. Mateo no sabe que David es su padre. Lo llama padrino. Es una fórmula extravagante, pero es la que funciona. Alma, Mateo, David y Sheila son felices.

Carlos, por un lado, se encuentra dentro de un restaurante en Florencia. Está muy nervioso. Atacado. El corazón se le va a salir del pecho, pero tiene que ser valiente. Coge un ramo de treinta y seis rosas rojas, una por cada mes de noviazgo con ella, con Blanca. Mira su reloj, queda un minuto para medianoche. Mientras espera, mete su mano en su bolsillo derecho, saca un estuche que contiene un anillo de compromiso esplendoroso. Por fin, pasa el minuto. Blanca está más preciosa que nunca. Se sonroja y empieza a llorar cuando ve a Carlos llegar con el ramo de rosas.

—¿Quieres casarte conmigo?

—Por supuesto, ¡te amo!

Por fin, Carlos encontró a la verdadera destinataria de las rosas. La persona con la que compartiría el resto de su vida.

Por otro lado, Lara, tras presentar la tesis y trabajar en el IDISERN ocupando el puesto de Juan durante tres años, asciende y asume la presidencia del centro. Por fin, el IDISERN es el lugar que su propio nombre indica: un instituto de Investigación, Desarrollo e Innovación sobre Enfermedades Raras y Neurodegenerativas.

Por último, Julián Martín, sin ningún motivo por el que vivir, decide suicidarse en la cárcel.

Índice